奎文萃珍

牡丹亭

下册

［明］湯顯祖 撰

文物出版社

牡丹亭

第二十九齣　旁疑

【步步嬌】（淨扮老道姑上）女冠兒生來出家相、無對向、沒生長三清坐法堂、換水添香、鐘鳴鼓響、赤緊的是那走方娘、弄虛花精扯空閑帳、世事難拚一箇信人情常帶三分疑、杜老爺爲小姐剏下這座梅花觀、着俺看守、三年水清石見、無半點瑕疵、止因陳教授老狗、引下箇嶺南柳秀才東房養病、前幾日到後花園回來、悠悠漾漾的、着鬼着魅一般、俺已疑惑了、湊着個韶陽小道姑、年方二八、頗有風情、到此雲遊、幾日不去、夜來柳相公房裡唧唧噥噥、聽的似女兒聲息、敢是小道姑瞞着我去瞧那秀才、秀才逆來順受了、俺且待他來、打覷他一番、（貼扮小道姑上）

（又）俺女冠兒俏的仙真樣、論舉止都停當、則情根一點長、步斗風前、吹笙月上、（嘆科）古來仙女定成雙、恁生來瞥做寒乞相、（見科）（貼）常無欲以觀其妙、（淨）常有欲以觀其竅、小姑姑你昨夜遊

方遊到柳秀才房裡去、是竅、是妙、(醜)老姑姑這
話怎的起、誰看見來、(淨)俺看見來、
剔銀燈 你出家人芙蓉淡妝、翦一片湘雲鶴氅、
玉冠兒斜插妖嬈樣、出落的十分情況、斟量敢
則向書生夜牕邊逗的幽輝半床、(貼)向那個書
生、老姑姑這話敢不中哩、
(又)俺雖然年清試粧、洗凡心冰壺月朗、你怎生
剝落的人輕相、比如你半老的佳人停當、(淨)倒
找起俺來、(貼)你端詳、這女貞觀傍可放着個書

先生誰處都是亂墜天花

生話長、（淨）哎也、難道俺與書生有帳、這梅花觀
你是雲遊道婆、他是雲遊秀才、你住的、偏他住
不的、則是往常秀才夜靜高眠、則你到觀中、那
秀才夜半開門、唧唧噥噥的、不共你說話共誰
來、扯你道籙司告去、（扯科）（貼）便去、你將前官香
火院停宿外方遊棍、難道偏放過你、（扯科）（末上）
【一封書】閒雲拂徑虛、問柳先生何處居、尋梅院
道姑、（見扯科）呀、怎兩姑姑口骨都、玄牝同門道
可道、怎不韞櫝而藏姑待姑、俺知道、你大姑他

小姑嫁的箇彭郎港口無〔淨〕先生不知聽的柳秀才半夜開門不住的喞噥俺好意兒問這小姑敢是你共柳秀才講話哩這小姑則答應着誰共秀才講話來便罷倒嚌骨弄的說俺養着個秀才陳先生憑你說誰引這秀才來扯他道籙司明白去俺是石的〔貼〕難道俺是水的〔末〕噤聲壞了柳秀才體面俺勸你
〔父〕教伊且緩徐散月招風實也虛早則是讀書那柳下先生君子儒到道錄司牒你去俗還俗

俊甚

敢儒流們笑你姑不姑（貼）正是不雅相、（末）好把
冠子兒扶水雲梳裂了、這仙衣四五銖、（淨）便依
說開手罷、陳先生要箇齋去、（末）待柳秀才在時
又來、
（尾聲）清絕處再踟躕、（泪科）咳糝東風窮泪撲踈
踈、道姑杜小姐墳兒可上去、（淨）雨哩則恨的鎖
春寒這幾點杜鵑花下雨（下）（淨貼弔場）（淨）陳老
兒去了、小姑姑好嘸（貼）和你再打聽誰和秀才
說話來、

（淨）烟水何曾息世機（貼）高情雅淡世間稀

集唐

（淨）隴山鸚鵡能言語（貼）亂向金籠說是非

第三十齣　懽撓

〔搗練子〕（生上）聽漏下半更多、月影向中那、恁時節夜香燒罷麽、一點猩紅一點金、十箇春纖十箇針、只因世上美人面、改盡人間君子心、俺柳夢梅是箇讀書君子、一味志誠、止因北上南安、湊着東鄰西子、嫣然一笑、遂成暮雨之來、未是五更、便逐曉風而去、今朝有約、未知遲早、正是金

蓮、若、肯、移、三、寸、銀、燭、先、教、刻、五、分則一件姐姐
若到、要精神對付他、偷馳一會、有何不可、（作睡
科）（寬旦上）
稱人心冥途掙挫、要死却心兒無那、也則爲俺、
那、人、兒、忒、可、教他悶、房、頭、守着、鬧、燈、火、（入門科）
呀他端然睡磕、恁春寒也不把繡衾來摸、多應
他祇候着我、待叫醒他、秀才、秀才、（生醒科）姐姐、
失敬也、（起揖科）（生）待整衣羅、遠遠相迎個、這二
更天風露多、還則怕夜、深、沉、花、睡、麼、蝶、無、棲、臥、

二八二

（旦）秀才俺那裡長夜好難過纔着你無眠清坐

（生）姐姐你來的腳蹤兒恁輕、是怎的、（集唐）（旦）自然無跡又無塵、（生）白日尋思夜夢頻、（旦）行到窗前知未寢、（生）一心惟待月夫人、姐姐今夜來得遲些、（旦）秀才你那曉得、

【繡帶兒】鎮消停不是俺閑情忒慢俄、那些兒忿却俺懽哥夜香殘迴避了尊親繡床偎收拾起生活停脫順風兒斜將金珮拖緊摘離百忙的淡妝明抹、（生）費你高情、則良夜無酒奈何、（旦）都

悰了、俺攜酒一壺花果二色、在楯闌之上、取來消遣、（旦出取花果酒上）（生）生受了、是甚果、（旦）青梅數粒、（生）這花、（旦）美人蕉、（生）梅子酸似俺秀才、蕉花紅似俺姐姐、串飲一盃、（共杯飲科）

【白練序】（旦）金荷斟香糯、（生）你醞釀春心玉液波、拚微酡、東風外翠香紅醱、（旦）也摘不下奇花果、這一點蕉花和梅豆呵、君知麼、愛的人全風韻、花有根科、

【醉太平】（生）還、哦、這、子、兒、花、朶。似、美、人、憔、悴。酸、子、

情多。喜蕉心暗展。一夜梅犀點污。如何酒潮微暈笑生渦。待嗽着臉恣情的嗚。撮些兒箇翠偃了情波。潤紅蕉點香生梅唾。

【白練序】（生）活潑死騰那。這是第一所人間風月窩。昨宵箇微茫暗影輕羅。把勢兒忒顯豁。爲甚麼人到幽期話轉多。（生）好睡也。（旦）好月也。消停坐。不妒色嫦娥。和俺人三箇。

【醉太平】（生）無多花影阿那。勸奴奴睡也。睡也。奴哥春宵美滿。一霎暮鐘敲破嬌娥。似前宵雨雲

羞怯顫聲訛、敢今夜翠顰輕可。睡則那把膩乳
微搓。酥胸汗貼。細腰春鎖。〔淨貼悄上〕〔貼〕道可道、
可知道、名可名、不聞名、〔生旦笑科〕〔貼〕老姑姑、你
聽秀才房裡有人、這不俺小姑姑了、〔淨作聽科〕
是女人聲、快敲門去、〔敲門科〕〔生〕誰、〔淨〕老道姑送
茶、〔生〕夜深了、〔淨〕相公房裡有客哩、〔生〕沒有、〔淨〕女
客聲、〔生旦慌科〕怎奸、〔淨急敲門科〕相公快開門、
地方巡警、免的聲揚哩、〔生慌科〕怎了、怎了、〔旦笑
科〕不妨俺是鄰家女子、道姑不肯干休時、便與

趣

他一箇勾引的罪名兒、

【隔尾】（旦）便開呵須撒和、隔紗窗怎守的到參兒趖、柳郎則管鬆了門兒、俺影着這一幅美人圖那邊躲、。（生開門旦作躲生將身遮旦淨貼搶進笑科）喜也、（生）什麼喜、（淨前看生身攔科）

【滾遍】（淨）這更天一點鑼、仙院重門闔、何處嬌娥怕惹的乾柴火、（生）你便打睃、有甚着科、是床兒裡、窩、箱兒裡、那、袖兒裡、閣、（淨貼向前生攔不住內作風起旦閃下科）（生）昏了燈也、（淨）分明一箇

影兒、只這軸美人圖在此、古画成精了

〔又〕画屏人踏歌、曾許你書生和、不是妖魔甚影兒望風躲、相公這是什麼画、（生）這妙婆婆、秀才家隨行的香火、俺寂靜裡暗祈求、你莽邀喝、（淨）是了、不說不知、俺前晚聽見相公房內啾啾唧唧、疑惑這是小姑姑、如今明白了、相公權留小姑姑伴話、（生）請了、

〔尾〕聲動不動道錄司官了私和、則欺負俺不分外的書生欺別箇、姑姑這多半覺美軃軃則彼

你奚落殺了我（淨貼下）（生笑科）一天好事、兩箇尾刺姑掃興掃興、那美人呵、好不喫驚也、

集唐　應陪秉燭夜深遊　惱亂春風卒未休
大姑山遠小姑出　更憑飛夢到瀛洲

第三十一齣　繕備

番卜算（貼扮文官淨扮武官上）邊海一邊江、隔不斷胡塵漲、維揚新築兩城牆、釃酒臨江上、請了、俺們揚州府文武官僚是也、安撫杜老大人、爲因李全騷擾地方、加築外羅城一座、今日落成開宴、杜

老大人早到也（衆擁外上）
（文）三千客兩行百二關重壯（文武迎科）（外）維揚
風景世無雙直上層樓望（見科）（衆）北門臥護要
者英（外）恨少胸中十萬兵（衆）天借金山爲底柱
（外）身當鐵甕作長城揚州表裏重城不日成就
可喜此皆文武諸公士民之力（衆）此皆老安撫
遠略奇謀屬官竊在下風敢獻一杯效古人城
隅之宴（外）正好且向新樓一望（望科）壯哉城也
真乃江北無雙塹淮南第一樓（衆）請進酒

（山花子）賀層城頓挿雲霄敞、雉飛騰映壓寒江、據表裡山河一方、控長淮萬里金湯、（合）敵樓高窺臨女牆、臨風灑酒旌旆揚、（作）想起瓊花、當年吹暗、香、幾點新亭、無限滄桑、（外）前面高起如霜似雪、四五十堆、是何山也、（衆）都是各場所積之鹽、衆商人中納、（外）商人何在、（末老旦扮商人上）占種海田高白玉、撇番鹽井橫黃金、商人見、（外）商人、麽則怕早晚要動支兵糧、儹槩上納、（又）這鹽呵是銀山雪障連天晃、海煎成夏艸秋

糧平看取鹽花竈場儘支排中納邊商（合前）罷
酒了喜的廣有兵糧則要衆文武關防如法
舞霓裳（衆）文武官寮立邊疆立邊疆休壞了這
農桑士工商士工商敢大金家早晚來無狀打
貼起許多砲箭并旗槍聽邊聲風沙迭蕩猛驚
起見蟠花戰袍舊邊將
紅繡鞋（衆）吉日祭賽城隍城隍歸神謝土安康
安康祭旗纛犒軍裝陣頭兒誰抵當箭眼裡好
遮藏

【尾聲】（外）按三韜把六出旗門放、文和武肅靜端詳、則等待海西頭動邊烽、那一聲砲兒響、

集唐　夾城雲煖下霓旄　千里崤函一夢勞
不意新城連嶂起　夜來沖斗氣何高

第三十二齣　冥誓

【月雲高】（生上）暮雲金闕、風旛淡搖拽、但聽的、鐘聲、絕、早則、是心兒、藝、紙帳書生有分氳蘭麝、咱時來早蕩花陰、單則把月痕遮、（整燈科）澗風光穩護着燈兒熚、（笑科）好書讀易盡、佳人期未來、前夕

無限光景

美人到此並不隄防姑姑攪擾今宵趂他未來之時先到雲堂之上攀話一回免生疑惑（作掩門行科）此去甾人戶半斜天呵俺那有心期在那些（下）

（又）（魂旦上）孤神害怯佩環風定夜（驚科）則道是人行影原來是雲偷月（到科）道是柳郎書舍了呀柳郎何處也閃閃幽齋弄影燈明滅魂再艷燈油接情一點燈頭結（嘆科）奴家和柳郎幽期除是人不知鬼都知道（泣科）竹影寺風聲怎的遮

臧日前日爲柳郎而死今日爲柳郎而生正臨川所謂天下有情人也

黃泉路夫妻怎當賒、待說何曾說如顰不耐顰、把持花下意、猶恐夢中身、奴家雖登鬼錄、未損人身、陽祿將回、陰數已盡、前日爲柳郎而死、今日爲柳郎而生、夫婦分緣、去來明白、今宵不說、只管人鬼混纏、到甚時節、則怕說時柳郎那一驚呵、也避不得了、正是夜傳人鬼三分話、早是夫妻百歲恩、

懶画眉 生上 画闌風擺竹橫斜。內作鳥聲驚科 繞樹驚鴉月影賒、呀門兒開也、玉天仙光降了、紫

雲車（旦出迎科）柳郎來也（生揖科）姐姐來也（旦
別燈花望斷這殘紅樹（生）直恁的志誠親姐姐
（旦）等你不來俺集下了唐詩一首（生）洗耳（旦念
科）擬托良媒亦自傷月寒山色兩蒼蒼不知誰
唱春歸曲又向人間魅阮郎（生）姐姐高才（旦）柳
郎這更深何處來也（生）昨夜被姑姑敗與俺乘
你未來之時去姑姑房頭看了他動定好來迎
接你不想姐姐今夜來來恁早哩（旦）盼不到月兒
上也

【太師行】〔生〕嘆書生何幸遇仙提揭、比人間更志誠清切、作温存笑眼生花、正漸入歡腸啖蔗、前夜那姑姑呷恨無端風雨把春抄截、姐姐呵悞、了、你、半、宵、周、折、累、了、你、好、回、驚、怯、不、嗔、嫌、一、逕、的、把、斷、紅、重、接、

【鎖寒牕】〔旦〕是不隄防他來的唓嗻、嚇、的、個、䖃、兒、收、不、迭、仗雲遮月躲画影人遮、則、没、躡、的、澀、道、邊、兒、閃、人、一、跌、自生成不慣這磨滅、險、些、些、風聲揚播到俺家爺、先喫了俺狠尊慈痛決、〔生〕姐

姐費心、因何錯愛小生至此、(旦)愛的你一品人
才、(生)姐姐敢定了人家、
太師行(旦)並不曾受人家紅定迴鸞帖、(生)喜箇
甚樣人家、(旦)但得箇秀才郎情傾意愜、(生)小生
倒是箇有情的、(旦)是看上你年少多情迤逗俺、
腄覥難貼、(生)姐姐嫁了小生罷、(旦)怕你嶺南孤
客道途賒、是做小伏低難說、(生)小生未曾有妻、
(旦笑科)少甚麼舊家根葉着俺異鄉花艸填接、
敢問秀才、堂上有人麼、(生)先君官爲朝散、先母

曾對縣君（旦）這等是衙内了、怎恁婚遲

【鎖寒窗】（生）恨孤單飄泊年月、但淺淡形摸眼不瞥、那有箇相如在客、肯駕香車、蕭史無家、便同瑶闕、似你千金笑等閑抛洩、憑說、便和伊青春才貌恰爭些、怎做的露水相看仳別、（旦）秀才有此心、何不請媒相聘、也省的奴家爲你擔怵受怕、（生）明早敬造尊庭、拜見令尊令堂、方好問親於姐姐、（旦）到俺家來只好見奴家、要見俺爹娘還早、（生）這般說、姐姐當眞是那樣門庭、（旦）笑介、

【生】是怎生來、

【紅衫兒】看他温香豔玉神清絕、人間迥別、【旦】不是人間、難道天上、【生】怎獨自夜深行邊廂少侍妾、且說個貴表尊名、【旦】嘆科【生】背 他把姓字香沈、敢怕似飛瓊漏洩 姐姐不肯漏泄姓名、定是天仙了、薄福書生、不敢再陪歡宴、儘仙姬留意書生、怕逃不過天曹罰折、

【又】【旦】道奴家天上神仙列、前生壽折、【生】不是天上、難道人間、【旦】便作是私奔悄悄何妨說、【生】不是

妙甚

人間則是花月之妖〔旦〕正要你掘艸尋根怕不待勾辰就月〔生〕是怎麽說〔旦〕欲說又止〔科〕不明白辜負了幽期話到尖頭又咽〔作思介〕〔生〕姐姐你千不說萬不說直恁的書生不酬決更向誰邊說〔旦〕待要說如何說秀才俺則怕你聘則爲妻奔則妾受了盟香說〔生〕你要小生發愿定爲正妻便與小姐拈香〔生旦同拜〕

〔滴溜子〕神天的神天的盟香滿爇柳夢梅柳夢梅南安衙舍遇了這佳人提挈作夫妻生同室

恩至此乎

死同穴口不心齊壽隨香滅（旦泣科）（生）怎生弔
下泪來（旦）咳感君情重不覺泪垂
閙樊樓你秀才郎爲客偏情絕料不是虛脾把
盟誓撇哎話弔在喉嚨鎖了舌囑東君在意者
精神打貼暫時間奴兒迴避趄些兒待說你敢
撲憹忪害跌（生）怎的來（旦）秀才這春容得從何
處（生）太湖石縫裡（旦）比奴家容貌爭多（生）看驚
（科）可怎生一箇粉撲兒（旦）可知道奴家便是画
中人也（生合掌謝画科）小生燒的香到哩姐姐

你好歹表白一些兒、

啄木兒〔旦〕柳衙內聽根節、杜南安原是俺親爹、〔生〕呀前任杜老先生陞任揚州怎麼丟下小姐、〔旦〕你剪了燈〔生剪燈科〕〔旦〕翦了燈餘話堪明滅〔生〕且請問芳名、青春多少、〔旦〕杜麗娘小字有庚帖、年華二八正是婚時節、〔生〕是麗娘小姐、俺的人那、〔旦〕衙內奴家還未是人、〔生〕不是人是鬼、〔旦〕是鬼也〔生驚科〕怕也、怕也、〔旦〕靠邊些聽俺消詳說話在前教伊休害怯俺雖則是小鬼頭人半

截、〔生〕姐姐因何回陽世而會小生
〔又〕〔旦〕雖則是陰府別、看一面千金小姐、是杜南安
那些枝葉、注生妃央及煞回生帖化生娘點活
了殘生劫、你後生兒蘸定。俺前生業、秀才你許
了俺爲妻憑眞切、少不得冷骨頭着疼熱、〔生〕你
是俺妻、俺也不害怕了、難道便請起來怕似水
中撈月空裡拈花、
三段子〔旦〕俺三光不滅、鬼胡由還動迭、一靈未
歇潑殘生堪轉折、秀才可詰經典、是人非人心

一句已入化境

不別是幻非幻如何說、雖則是空裡拈花却不是水中撈月、（生）既然雖死猶生、敢問仙墳何處、（旦）記取太湖石梅樹一株、

（又）（旦）愛的是花園後節夢孤清梅花影斜熟梅時節。為仁兒心酸那些、（生）怕姐姐別有走跳處、（旦）嘆科 便到九泉無屈折、銜幽香一陣昏黃月、（生）好不冷、（旦）凍的俺七魄三魂僵做了三貞七烈、（生）則怕驚了小姐的魂怎好、

野鬭雞 （旦）花根木節、有一箇透人間路穴、俺冷、

香肌早偎的半熱你怕驚了呵悄魂飛越則俺見了你同心心不滅（生）話長哩（旦）暢好是一夜夫妻有的是三生話說（生）不煩姐姐再三只俺獨力難成（旦）可與姑姑計議而行（生）未知深淺怕一時開攢不徹

下小樓（旦）咨嗟你為人為徹俺砌籠棺勾有三尺疊你點剛鍬和俺一謎掘就裡陰風瀉瀉則隁的陽世些些（內雞鳴科）

耍鮑老（旦）咳長眠人一向眠長夜則道聽雞鳴

風味不減柳七郎

臨川結句無不佳絕是大作手

空枕設今夜呵夢回遠塞荒雞、咽。覺人間風味、別。曉風明滅。子規聲容易吹殘月三、分、話纔做一、分說。俺丁丁列列吐出在丁香舌、你拆了俺丁香結、須粉碎俺丁香節、休殘慢、須急切、俺的幽情難盡說、（內風起科）則這一翦風動靈衣去了也。（旦急下）（生驚痴科）奇哉奇哉、柳夢梅做了杜太守的女壻、敢是夢也、待俺來回想一番、他名字杜麗娘、年華二八、死葬後花園梅樹之下、分明是人道交感、有精有血、怎生杜小姐顛倒

減日旦已落場重上直爲情致而然世謂臨川非有情人乎不敢信

自巳說是鬼、（旦又上科）衙內還在此、（生）小姐急又回來、（生）奴家還有丁寧、你旣以俺爲妻、可急視之、不宜自誤、如或不然、妾事巳露、不敢再來相陪、願郎畱心、勿使可惜、妾若不得復生、必痛恨君於九泉之下矣、（跪科）

尾聲柳衙內你便是俺再生爺、（生跪扶起科）（旦）一點心憐念妾、不着俺黃泉恨你、你只罵的俺一句鬼隨邪、（旦鬼聲下回顧科）（生弔場低語科）柳夢梅着鬼了、他說的恁般分明、恁般淒切、是

無是有只待依言而行和姑姑商量去

集唐　夢來何處更爲雲　惆悵金泥簇蝶裙

欲訪孤墳誰引至　有人傳示紫陽君

第三十三齣　秘議

【遶地遊】（淨上）芙蓉冠帔、短髮難簪繫、一爐香、鳴鐘叩齒、（訴衷情）風微臺殿響笙簧、空翠泠霓裳、池畔藕花深處、淸切夜聞香、人易老、事多妨、夢難長、一點深情、三分淺土、半壁斜陽、俺這梅花觀爲着杜小姐而建、當初杜老爺分付陳教授看管、三年之內、則見收取祭租、並不常川行走、便是杜老爺去後、謊了一府州縣士民人等許多分子起了箇生祠昨日老身打從祠前過、豬屎也有人屎也有、陳最良陳最良你可也掃刮一遭兒到是杜小姐神位前、日逐添香換水何等粧嚴清淨、正是天下少信弔書子、世外有情持素人、

【又】（生上）幽期密意、不是人間世、待聲揚徘徊了半日、（見科）（生）落花香覆紫金堂、（淨）你年少看花敢

自傷（生）弄玉重來人換世、（淨）麻姑一去海生霜（生）老姑姑小生自到仙居、不曾瞻禮寶殿、今日願求一觀、（淨）是裡、相引前行、（行）到（科）（淨）高處玉天金闕、下面東嶽夫人、南斗眞妃、（內）鳴鐘（生）拜（科）中天積翠玉臺遥、上帝高居絳節朝、遂有馮夷來擊鼓、始知秦女善吹簫、好一座寶殿哩、怎生左邊這牌位上寫着杜小姐神王、是那位女王、（淨）是沒人提主哩、杜小姐、（生）杜小姐爲誰、（淨）

（五更轉）你說這紅梅院因何置、是杜爺知前所

用四書文是元曲體

爲麗娘原是他香閨女、十八而亡、就此攢瘞、他爹呵陞任急失題主、空牌位、(生)誰祭掃他、(淨)好墓田留下有碑記偏他沒頭主兒、年年寒食、(生)哭科這等說起來杜小姐是俺嬌妻呵、(淨驚科)秀才當真(生)千真萬真(淨)這等你知他那日生、那日死、

(又)俺未知他生、焉知死、死。死多年生此時。(淨)幾時(生)得他死信、(生)這是俺朝聞夕死了、可人矣。(淨)是夫妻、應你奉事香火、(生)則怕俺未能事人、焉能

事鬼〔淨〕既是秀才娘子可曾會他來〔生〕便是這紅梅院做楚陽臺偏倍了你〔淨〕是那一夜〔生〕是前宵你們不做美〔淨驚科〕秀才着鬼了難道難道〔生〕你不信時顯箇神通你看取筆來點的他主兒會動〔淨〕有這事筆在此〔生點主科〕看俺點石爲人靠夫作主你瞧你瞧〔淨驚科〕奇哉奇哉主兒眞箇會動也
〔末〕小姐呵則道墓門梅立着個沒字碑原來柳客神纏住在香爐裏秀才既是你妻鼓盆歌盧

墓三年禮(生)還要請他起來(淨)你直恁神通敢閻羅是你、(生)少些人夫用、(淨)你當夫他爲人、堪使鬼、(生)你也幇一鍬兒(淨)大明律開棺見尸不分首從斬哩、你宋書生是看不着皇明例不比尋常穿籬挖壁、(生)這箇不妨是小姐自家主見(又)是泉下人央及你、箇中人誰似伊、(淨)既是小姐分付也待俺檢箇日子、(看科)恰好明日乙酉可以開墳、(生)喜金雞玉犬非牛日、則待尋箇人兒做開山力士、(淨)俺有箇姪兒癩頭黿可用只

是事發之時、怎處、(生)他回生免聲息、停商議、可
有偷香竊玉劫墳賊、還一事小姐倘然回生、要
些定寬湯藥、(淨)陳教授開張藥鋪、只說前日小
姑姑黨了凶煞、求藥安魂、(生)煩你快去這七級
浮屠豈同兒戲、
(淨)濕雲如夢雨如塵(生)初訪城西李少君
集唐(淨)行到窈娘身沒處(生)手披荒艸看孤墳
(生下)(淨弔場科)奇哉奇哉、怕沒這等事、既是小
姐分付使喚姪兒備了鋤鍬、俺問陳先生討藥

去來、寧可信其有不可信其無（下）

第三十四齣　訓藥

（末上）積年儒學理粗通、書簏成精變藥籠、家童喚俺老員外、街坊喚俺老郎中、俺陳最良失館、依然重開藥舖、今日看有甚人來（淨上）

（女冠子）人間天上、道理都難講、夢中虛誑、更有人兒思量泉壤、陳先生利市哩、（末）老姑姑到來（淨）好舖面、這儒醫二字、杜太爺贈的、好道地藥材、這兩塊土中甚用、（末）是寡婦床頭土、男子漢有鬼怪之疾清水調服良、(淨)這布片兒何用(末)是壯男子的裩襠、婦人有鬼怪之病燒灰喫了效、(淨)這等俺貧道床頭三尺土、敢換先生五寸襠(末)怕你不十分寡(淨)啐你敢也不十分壯(末)罷了、來意何爲、(淨)不瞞你說、前日小道姑呵、

黃鶯兒年少不隄防、賽江神歸夜忙、(末)着手了、(淨)知他着甚閑空曠、被凶神煞黨、年災月殃瞑然一去無回向(末)欠老成哩、(淨)細參詳、你醫王手段敢對的住活閻王(末)是活的、死的、(淨)死幾

日了、(末)死人有口哭藥也罷、便是這燒襠散用熱酒調下、(又)海上有仙方、這偉男兒深褌襠、(淨)則這種藥俺那裡自有、(末)則怕姑姑記不起、誰陽壯剪裁寸方燒灰酒娘敲、開齒縫、把些兒放不尋常安魘定鬼賽過反精香、(淨)多謝了

集唐 (末)還隨女伴賽江神、(淨)爭那多情足病身

(末)巖洞幽深門盡鎖 (淨)隔花催喚女醫人

第三十五齣 回生

惟句·

【字字雙】〔丑扮疙童持鍬上〕猪尿泡疙疸偌盧胡、沒褲鏵、鍬兒入的土花䟺、沒骨活、小娘不要去做鬼婆夫、沒路、偷墳賊拿倒做箇地官符、沒趣、〔笑科〕自家梅花觀主家癩頭黿便是、觀主受了柳秀才之托、和杜小姐啟墳、好笑好笑、說杜小姐要和他這裡重做夫妻、管他人話鬼說、帶了些些黃錢掛在這太湖石上、點起香來、〔淨携酒同生上〕

【出隊子】玉人何處、玉人何處、近墓西風老綠蕪竹枝歌唱的女郎蘇、杜宇聲啼過錦江無、一窖愁殘。三生夢餘。〔生〕老姑姑巳到後園、只見半亭尾際、滿地荆榛、繡帶重尋。裊裊藤花夜合。羅裙欲認青青蔓艸春長。則記的太湖石邊、是俺拾画之處、依稀似夢、恍惚如亾、怎生是好、〔淨〕秀才不要忙、梅樹下堆兒是了、〔生〕小姐好傷感人也、〔哭科〕〔丑〕哭甚的趂時節了、〔燒紙科〕〔生拜科〕巡山使者當山土地顯聖顯靈

〔啄木鸝〕開山紙艸面上鋪烟罩山前紅地爐、〔丑〕敢太歲頭上動土向小姐脚跟挖窟、〔生〕土地公

臧曰便做土地公公女嫁吾何佳

公、今日開山、專爲請起杜麗娘、不要你死的、要箇活的、你爲神正直應無妒、俺陽神觸煞俱無慮、要他風神笑語都無二、便做着你土地公公女嫁吾呀春在小梅株。好破土哩（丑淨鋤土科）（外）這三和土、一謎鉏小姐呵半尺孤墳、你在這的無、（生）你們十分小心、（看科）到棺了、（丑作驚丟鍬科）到官沒活的了（生搓手科）禁聲、（內旦作哎喲科）（衆驚科）活鬼做聲了（生）休驚了小姐、（衆蹲向鬼門開棺科（淨）原來釘頭銹斷、子口登開、小姐敢别處送雲雨去了〔内吹喲科〕〔生見旦扶科〕咳、小姐端然在此、異香襲人幽姿如故、天也、你看正南上那些兒塵漬斜空處、沒半米蚍蜉則他暖幽香四片斑斕木、潤芳姿半榻黃泉路、養花身五色燕支土、〔扶旦軟䩞科〕〔生〕俺爲你款款偎將睡臉扶休損了口中珠〔旦作嘔出水銀科〕〔丑〕一塊花銀二十分多重賞了癩頭黿、〔生〕此乃小姐龍含鳳吐之精小生當奉爲世寶、你們别别酬犒〔旦開眼嘆科〕〔淨〕小姐開眼哩、〔生〕天開眼

像還魂時光景

小姐呵

【金蕉葉】(旦)是真是虛劣夢魂猛然驚遽(作掩眼科)避三光業眼難舒怕一弄兒巧風吹去(生)怕風怎好(淨扶旦科)且在這牡丹亭內進還魂丹秀才剪襠(生剪科)(丑)待俺湊些加味還魂散(生)不消了快熱酒來(調酒灌科)

【鶯啼序】玉喉嚨半點靈酥(旦吐科)(生吹科)怎生呵落在胸脯姐姐再進些纔喫下三箇多半口還無(覷科)好了好了喜春生顏面肌膚(旦覷科)

減口作回頭記不起俺姑姑句佳

這些都是誰敢是些無端道途弄的俺不着墳墓（生）便是柳夢梅（回）睹曚覷怕不是梅邊柳邊人數（生）有這道姑爲證（淨）小姐可認的道姑（旦）看不語科（又）（淨）你乍回頭記不起俺這姑姑（生）可記的後花園（旦）不語科（淨）是了你夢境糢糊（旦）只那個是柳郎（生應旦作認科）柳郎眞信人也虧殺你撥艸尋蛇虧殺你守株待兎棺中寶玩收存諸餘拋散池塘裏去（衆作呸丟去棺物科）向人間別

結語奇秀

（画）側葫蘆、水邊頭洗除凶物、（衆）斷了小姐整整
睡這三年、（旦）流年度、怕春色三分、一分塵土、（生）
小姐此處風露不可久停、到好處將息去、
尾聲 死工夫救了你活地獄、七香湯瑩了美食
相扶、（旦）扶徃那裡去、（淨）梅花觀、（旦）可知道洗棺
塵都是這高唐觀中雨
（生）天賜燕支一抹腮、（旦）隨君此去出泉臺
集唐（淨）俺來穿穴非無意（生）願結靈姻愧短才

第三十六齣 婚走

意難忘［淨扶］［旦上］如笑如呆、嘆、情絲不斷、夢境重開、［淨］你驚香辭地府、輿襯出天台、［旦］姑姑俺強掙作軟咍咍、重嬌養起這嫩孩孩、［合］尚疑猜、怕如烟入泡、似影投胎、［畫堂春］蛾眉秋恨滿三霜、夢餘、荒、塚、斜、陽、。土花零落舊羅裳。睡損紅妝。［淨］風定彩雲猶怯、火傳金炧重香、如神如鬼費端詳、除是高唐、［旦］姑姑奴家死去三年、為鍾情一點、幽契重生、皆虧柳郎和姑姑信心提救、又以美酒香酥、時時將養、數日之間、頓覺精神旺相、［淨］

好了秀才三回五次、央俺成親哩、[旦]姑姑這事還早、揚州問過了老相公老夫人請箇媒人方好、[淨]好消停的話兒、這也由你、則問小姐前生事、可都記的些、

【勝如花】[旦]前生事曾記懷、爲着傷春病害、困春遊夢境難捱、寫春容那人兒拾在、那勞承那般頂戴、似盼天仙盼的眼咍、似叫觀音叫的口歪、[淨]俺也聽得些、則小姐泉下怎生得知、[旦]雖則、塵埋把耳輪兒、熱、壞、感一片志誠無奈、死淋侵

走上陽臺、活森沙走出這泉臺、（淨）秀才來哩、（生）
上
（生查子）艷質久塵埋、又掙出這烟花界、你看他
含笑插金釵、擺動那長裙帶、（見介）麗娘妻、（旦羞）
（科）（生）姐姐俺地窟裡扶卿做玉真、（旦）重生勝過
父娘親、（生）便好今宵成配偶、（旦）懵騰還是少精
神（淨）起前說精神旺相、則瞞着秀才、（旦）秀才可
記的古書云、必待父母之命、媒妁之言、（生）日前
雖不是鑽穴相窺、早則鑽墳而入了、小姐今日

又會起書來（旦）比前不同前夕鬼也今日人也
鬼可虛情人須實禮聽奴道來
【勝如花】青臺閉白日開（拜科）秀才可愛的俺三
生禮拜待成親少箇官媒（泣科）結盞的要高堂
人在（生）成了親訪令尊令堂有驚天之喜要媒
人道姑便是（旦）秀才忙待怎的也曾落幾箇黃
昏陪待（生）今夕何夕（旦）直恁的急色秀才（生）小姐
搗鬼（旦）秀才搗鬼不是俺鬼奴台妝妖作乖（生）
爲甚（旦）羞科半死來回怕的雲雨驚駭有的是

撒曰爲後駭變張本

這人兒活在但將息俺半載身材、【背科】但消停俺半刻情懷、

【不是路】【末上】深院閑堦、、、花影蕭蕭轉翠苔、【扣門科】人誰在、是陳生探望柳君來、【衆驚科】【生】陳先生來了怎好【旦】姑姑俺回避去【下】【末】忒奇哉、怎女兒聲息紗牕外硬抵着門兒應不開、【又扣門科】【生】是誰【末】陳最艮【開門見科】【生】承車蓋、俺衣冠未整因遲待、【末】有些驚怪、【生】有何驚怪、【又】不是天台、、、、、怎風度嬌音隔院猜。【淨上】原來陳

齋長到來〔生〕陳先生說裡面婦娘聲息則是老
姑姑〔淨〕是了長生會蓮花觀裡一箇小姑來〔末〕
便是前日的小姑麼〔淨〕另是一衆〔末〕好哩這梅
花觀一發興哩也是杜小姐冥福所致因此徑
來相約明午整一箇小盒兒同柳兄徃墳上隨
喜去暫告辭了探書齋今朝有約明朝在酒滴
青娥墓上回〔生〕承拖帶這姑姑點不出茶兒待
即來回拜〔末〕慢來回拜〔下〕〔生〕喜的陳先生去了
請小姐有話〔旦〕〔上〕〔淨〕怎了怎了陳先生明日要

上小姐墳去事露之時一來小姐有妖冶之名二來公相無閨閫之教三來秀才坐迷惑之譏四來老身招發掘之罪如何是了（旦）老姑姑待怎生好（淨）小姐這柳秀才往臨安取應不如曲成親事叫童兒尋隻贛船夤夜開去以滅其踪意下如何（旦）這也罷了（淨）有酒在此你二人拜告天地（拜把酒科）

【榴花泣】（生）三生一夢人世兩和諧承合巹送金盃比墓田春酒這新醅纔醱轉人面桃腮（旦悲

臧曰前半曲文而不迂非作家不能爲也

(末)傷春便埋似中山醉夢三年在、只一件來看伊家龍鳳姿容怎配俺這土木形骸、(生)那有此話

(又)相逢無路、良夜肯疑猜、眠一柳當三槐杜蘭香眞箇在讀書齋則柳耆卿不是仙才(旦)嘆科幽姿暗懷被元陽鼓的這陰無賴柳郎、奴家依然還是女身(生)已經數度幽期玉體豈能無損(旦)那是魂這纔是正身來陪奉、伴情哥則是遊魂女兒身依舊含胎、(外扮舟子歌上)春娘愛上

臧曰連下道姑走終有做

酒家子樓、不怕歸遲總拂子愁、推道那家娘子睡且罷、教住要梳子頭、（又歌）不論秋菊和那春子箇花、箇箇能噇空肚子茶、莫教頻入子庫一名閑物、他也要些子些、（丑扮疙童上）船船船、臨安去、（外）來來來、（攏船科）（丑）門外船便、相公下篆、小姐呢、（淨辭科）相公小姐、小心去了、（生）小姐無人伏侍、煩老姑姑一行、得了官時相報、（淨）俺不曾收拾、（背科）事發相連、走為上計、（回科）也罷、賞姪兒甚麼着、他和俺收拾房頭、俺伴小姐去來

〔丑〕使得〔生〕便賞他這件衣〔解衣科〕〔丑〕謝了事發誰當〔生〕只推不知便了〔丑〕這等請了禿厮兒權克道伴女冠子真當梅香〔下〕

〔急板令〕〔衆上〕〔船科〕別南安孤帆夜開走臨安把雙飛路排〔旦〕悲科〔生〕因何弔下淚來〔旦〕嘆從此天涯從此天涯三年此居三年此埋死不能歸活了纔回〔合〕問今夕何夕初來魂脉脉意咍咍

〔又〕〔生〕似倩女離魂到來采芙蓉回生並載〔旦〕嘆科〔生〕爲何又弔下淚來〔旦〕想獨自誰挨獨自誰挨

藏日三年此居四句皆尋常口頭語入曲自佳

只此一句
傾倒一部

翠鞾香囊泥漬金釵、怕天上人間心事難諧（合）

（旦）（淨）夜深了、叫停船、你兩人睡罷、（生）風月船中

新婚佳趣、其樂可知、

一撮棹藍橋驛、把淥河橋風月篩（旦）柳郎今日

方知有人間之樂也、七星版（三）星照兩星排令

夜呵把身子兒帶情兒邁意兒挨（淨）你過河衣

帶鬆、請寬懷、（生）眉橫黛、小船兒禁重載、這歡眠

自在、抵多少嚇黿臺、

尾聲（生）情根一點、是無生債、（旦）嘆孤墳何處是

俺望夫臺柳郎俺和你死裡淘生情似海

集唐　偷去須從月下移　好風偏似送佳期
傍人不識扁舟意　惟有新人子細知

第三十七齣　駭變

【末】集唐　風吹不動頂垂絲　吟背春城出草遲　畢竟百年渾是夢、夜來風雨葬西施、俺陳最良只因感激杜太守、為他看顧小姐墳塋、昨日約了柳秀才、墳上望去、不免走一遭、（行科）巖扉不遠雲長在、院徑無媒艸自深、待俺叫門、（叫科）呀往

常門兒重重掩上、今日都開在此、待俺叅了聖
看菩薩（科）咳冷清清沒香沒燈的呀怎的不見
了杜小姐牌位、待俺問一聲、老姑姑、（叫三聲科）
俗家去了、待俺叫柳兄問他、（叫科）柳朋友、（又叫
科）柳先生、一發不應了、（看科）嗄柳秀才去了、醫
好了他來不叅去不辭、沒行止、沒行止、待俺西
房瞧瞧、哎喲道姑也搬去了、磬兒鍋兒床席一
些都不見了、怪哉、（想科）是了日前小道姑有話
可昨又聽的小道姑聲息、於中必有柳夢梅勾

淒凉景況
不淺不深

俗事情一夜去了沒行止沒行止由他由他且
到後花園看小姐墳去（行科）
【懶畫眉】園深徑側老蒼苔、那幾所月榭、風亭久、
不開、當時曾此葬金釵、（望科）呀舊墳高高兒的、
如何平下來了、緣何不見墳兒在、敢是狐兎穿
空倒塌來、這太湖石只左邊靠動了些梅樹依
然（驚科）咳呀小姐墳被劫了也、
【朝天子】（放聲哭科）小姐、天、是什麼發塚無情短
倖材他有多少金珠葬在打眼來、小姐你若早

有人家也撇可去了則為玉鏡臺無分照泉臺好孤哉怕蛇鑽骨樹穿骸不隄防這災知道了柳夢梅嶺南人慣了劫墳將棺材放在近所截了一角為記要人取贖這賊意思止不過說杜老先生聞知定來取贖想那女材只在左近埋下了待俺尋（見科）哎呀這州衙裡不是硃漆板頭這不是大銹釘開了去天呵小姐骨殖丟在那裡（望科）那池塘裡浮着一片棺材是了小姐尸骨拋在河裡去了狠心賊也

【普天樂】問天天你怎把他昆池碎劫無餘在，又不欠觀音鎖骨連環債？怎丟他水月魂骸，亂紅衣暗泣蓮腮，似黑月重拋業海。待車乾池水，撈起他骨殖來，怕浪淘沙碎玉難分派。到不如當初水葬無猜，賊眼惱生來毒害。那些箇憐香惜玉，致命圖財。先師云：虎兕出於柙，龜玉毀於櫝中，典守者不得辭其責。俺如今先稟了南安府緝拿，星夜往淮揚報知杜老先生去。

【尾聲】石虔婆他古弄裡金珠曾見來，柳夢梅他

做得箇破周書汲冢木、小姐呵你道他爲什麼向金蓋銀牆做打家賊、

丘墳發掘當官路　春艸萋萋墓亦無
致汝無辜由俺罪　狂眠恣飮是凶徒
集唐

第三十八齣　淮警

【霜天曉角】（淨引衆上）英雄出衆、鼓譟紅旗動、三年繡甲、錦蒙茸、彈劍、把雕鞍斜鞚、賊子豪雄是李全、志心赤膽向胡天、靴尖踢倒長天塹、却笑江南土不堅、俺溜金王、奉大金之命、騷擾江淮三年

叫聽大金家兵糧湊集將次南征教俺淮揚開路不免請出賊房計議中軍快請（衆叫科）大王叫箭坊、（老旦扮軍人持箭上）箭坊俱已造完（淨笑惱科）狗才怎麼說、（老）大王說請出箭坊計議（淨）胡說、俺自請楊娘娘、是你箭坊、（老）楊娘娘是大王箭坊、小的也是箭坊、（淨喝科）（丑上）

（又）帳蓮深擁、壓寨的陰謀重、（見科）大王興也、你夜來鏖戰、好粗雄、困的俺孩心沒縫、大王夫、俺睡倦了、請俺甚事商量、（淨）閙的金主南侵教俺

攻打淮揚、以便征進、思想揚州有杜安撫鎮守
急切難攻、如何是好、(丑)依奴家所見、先圍了淮
安、杜安撫定然赴救、咱分兵揚州、斷其聲援于
中取事、(淨)高高、娘娘這計、李全要怕了你、(丑)你
那一宗兒不怕了奴家、(淨)罷了、未封王號時、倚
是個怕老婆的強盜、封王之後、也要做怕老婆
的王、(丑)着了、快起兵去、攻打淮城、
【錦上花】撥轉磨旗峰、促緊先鋒、千兵擺列、萬馬
奔沖、鼓通通、鼓通通、譟的那淮揚動、

〔又〕軍中毋大蟲、綽有威風連環陣勢烟粉牢籠哈哄哄、哈哄哄、哄的淮揚動、〔丑〕灑金王聽分付軍到處不許你搶占半名婦女如違定以軍法從事〔淨〕不敢、

集唐　日暮風沙古戰場　軍營人學內家妝
如今領帥紅旗下　擘破雲鬟金鳳凰

第三十九齣　如杭

〔唐多令〕〔生上〕海月未沉埋、〔旦〕新妝倚鏡臺、〔生〕捲錢唐風色破書齋〔旦〕夫昨夜天香雲外吹桂子月

誠曰麗娘回生之後柳郎奔走無暇今也

中開(生)夫妻客旅悶難開、(旦)待喚提壺酒一盃
(生)江上怒潮千丈雪、(旦)好似禹門平地一聲雷
(生)俺和你夫妻相隨到了臨安京都地面賃下
這所空房可以理會書史爭奈試期尚遠客思
轉深如何是好、(旦)早上分付姑姑買酒一壺少
解夫君之悶、尚未見回、(生)生受了娘子、一向不
曾話及當初、只說你是西鄰女子、誰知感動幽
冥、匆[illegible]其夫妻、一路而來、到今不曾請教小
姐、可是見小生于道院西頭、因何詩句上不是

入歸安不姑他出詰問題詩所以此一段斷不可少

梅邊是柳邊、就指定了小生姓名、這靈通委是怎的、(旦笑科)柳郎俺說見你於道院西頭是假俺前生可、(江兒水)偶惹花園夢伊家折柳來、奴正題咏間便和你牡丹亭上去了、(生笑科)可好呢、(旦笑科)咳正好中間落花驚醒、此後神情不定一病淹淹、這是聰明反被聰明帶、眞誠不得眞誠在、究親做下這寃親債、一點色情難壞、再世爲人話做了兩頭分拍、生又聽說還驚駭、痴心把您猜、還則怕邪淫惹動、陰曹怪忌亾墳觸犯陰陽戒分書生領受陰人愛勾的你色身無壞、出土成人、又看見這帝城風采、淨提酒上路從丹鳳城邊過、酒向金魚館內沽、呀、相公小姐、不知俺在江頭沽酒、看見各路秀才都赴選去了、相公錯過天大好事、生旦作怕科旦柳郎只索快行、淨這酒便是狀元紅了旦把酒科

小措大喜的一宵恩愛、被功名二字驚開、好開

懷這御酒三盃、放着四嬋娟入月在、立朝馬五更門外、聽六街裡喧傳人氣、槩七步才蹬上了寒宮八寶臺、沉醉了九重春色、便看花十里歸來、

（生又）十年總下、遇梅花凍九纔開、夫貴妻榮八字安排、敢你七香車穩情載、六宮宣有你朝拜、五花誥封你非分外、論四德似你那三從結願諧二指大泥金報喜、打一輪皁蓋飛來、（旦）夫記的春容詩句、

減日結句
便含蕭後
訪親之意
甚得做法

【尾聲】盼今朝得傍你蟾宮客、你和俺倍精神金堦對策、高中了同去訪你丈人丈母呵、則道俺從地窟裡登仙那大喝采

【旦】良人的的有奇才【淨】恐失佳期後命催

集唐【生】紅粉樓中應計日【合】遙聞笑語自天來

第四十齣　僕貞

【孤飛雁】【淨扮郭駝挑担上】世路平消長、十年事老頭兒心上、柳郎君翰墨人家長、無營運單承望天生天養、果樹成行、年深樹老、把家園抛漾、你索在

何方好沒主量悽惶趂上他身衣口糧家人做事與全靠主人命主人不在家園樹不開花俺老駝一生依着柳相公種果爲生你說好不古怪柳相公在家一株樹上着百十來個果兒自柳相公去後一株樹上生百十來個蟲便胡亂長幾個果小廝們偷個盡老駝無主被人欺負因此發個老狠體探俺相公過嶺北來了在梅花觀養病直尋到此早則南安府大封條封了觀門聽得邊廂人說道婆爲事走了有個姪兒

癩頭黿小西門住、找他去〔行科〕、抹過大東路投、至小西門、〔下〕〔丑扮疙童披衣笑上〕

〔金錢花〕自小疙辣、郎當、郎當、官司拿俺爲姑娘、姑娘、盡了法腦皮撞得、了命賣了房兒、小厮串、街坊、若要人不知、除非己不爲、自家癩頭黿便是這、無人所在、表白一會、你説姑娘和柳秀才那事、幹得好、又走得好、只被陳教授那狗才禀、過南安府、拿了俺去、拷問姑娘那里去了、刼了、杜小姐墳哩、你道俺更不聰明、却也頗頗的賊、

綽着頭不做聲、那鳥官喝道馬不那不肥、人不
㨂不直、把這廝上起腦箍來、哎也哎也好不生
疼、原來用刑人先撈了一架金鐘玉磬、替俺方
便稟說這小廝夾出腦髓來了、那鳥官喝道撚
上來瞧、瞧了大鼻子一颩、說道這小廝真個夾
出腦漿來了、不知是俺癩頭上膿、叫鬆了刑着
保在外、俺如今有了命、把柳相公送俺這件黑
海青、擺將起來、（唱科）擺搖搖、擺搖搖、沒人所在、
被俺擺過子橋、（淨向蒯叫擺科）小官唱喏、（丑）不

謔自雅

回揖大笑唱科俺小官子腰閃價唱不的子喏、比似你箇駝子唱喏則當伸子箇腰淨這賊種開口傷人難道做小官的背偏不駝丑刮這駝子背偷了你甚麼賊淨作認丑衣科別的罷了則這件衣服嶺南柳相公的怎在你身上丑咳呀難道做小官的就沒件乾淨衣服便是嶺南柳家的漏這般一道梅花嶺誰見俺偷來淨這衣帶上有字你還不認叫地方扯丑作怕倒科罷了衣服還你去羅淨要哩俺正要問一箇人、

〔丑〕誰〔淨〕柳秀才那裡去了、〔丑〕不知、〔淨〕三問丑三

不知〔科〕〔淨〕你不説、叫地方去、〔丑〕罷了、大路頭難

好講話、演武廳去、〔行科〕〔淨〕好箇僻靜所在、〔丑〕唊

柳秀才到有一箇、可是你問的不是、你説得像

俺説你説得不像、休想叫地方、便到官司俺也

只是不説、〔淨〕這小廝到賊聽俺道來、

〔尾犯序〕提起柳家郎、他俊白龐兒、典雅行妝、〔丑〕

是了、多少年紀、〔淨〕論儀表、看他三十不上、〔丑〕是

了、你是他什麼人、〔淨〕他祖上傳留下俺栽花種

糧自小兒俺看成他他快長（丑）原來你是柳大官你幾時別他、知他做出甚事來、（淨）春頭別、跟壽至此、聞說的不端詳、（丑）這老兒說的、一句句着、老兒若論他做的事、咦、（丑）作扯淨耳語（淨）聽不見科（丑）呸、左則無人、要他去、老兒你聽着、

（又）他到此病郎當、逢着箇杜太爺衙教小姐的陳秀才、勾引他養病菴堂、去後園遊賞、（淨）後來、（丑）一遊遊到杜小姐墳兒上、拾的一軸春容、朝思暮想做出事來了、（淨）怎的來、（生）秀才家爲眞

白俱是元人語

當假劫墳偷壙（淨驚科）這卻怎了（丑）你還不知被那陳教授稟了官圍住觀門拖番柳秀才和俺姑娘行了校棚琶拶壓不怕不招點了供紙解上江西提刑廉訪司問那六案都孔目這男女應得何罪六案請了律令稟復道但偷墳見尸者依律一秋（淨）怎麼秋（丑作按淨頭科）這等秋（淨驚哭科）俺的柳秀才呵老跎沒處投奔了（丑笑科）休慌後來遇赦了便是那杜小姐活轉來哩（淨）有這等事（丑）活鬼頭還做了秀才正房

現成

俺那死姑娘到做了、、、梅香伴當、淨何往、丑臨安
去送他上路賞這領舊衣裳淨唬俺一跳却早
喜也
尾聲去臨安定是圖金榜、丑着了、淨俺勒掙着
軀腰走帝鄉、丑老哥、你路上精細些、現如今、一
路裏、画影圖形捕兇黨、
集唐　尋得仙源訪隱淪　郡城南下是通津
衆中不敢分明語　遥想風流第一人

第四十一齣　耽試

臧本以小生易扮苗舜賓甚是

臧曰看寶易看文難此語甚佳

【鳳凰閣】（淨扮苗舜賓引衆上）九邊烽火咤、秋水魚龍怎化、廣寒丹桂吐層花、誰向雲端折下、（合）殿闈深鎖、取試卷看詳回話、（集唐）鑄時天匠待英豪、引手何方一釣鰲、報荅春光知有處、文章分得鳳凰毛、下官苗舜賓便是、聖上因俺香山能辨番回寶色、欽取來京典試、因金兵摇動、臨軒策士、問和戰守三者孰便、各房俱已取中頭卷、聖旨着下官詳定、想起來看寶易、看文字難、爲甚麼來、俺的眼睛原是猫兒睛、和碧緑琉璃水晶無二、

戰曰和戰守二策等語亦不惡

因此一見真寶、眼睛火出、說起文字、俺眼裏從來沒有如今却也奉旨無奈左右開箱取各房卷子上來、[衆取卷上][淨作看科]這試卷好少也且取天字號三卷看是何如、第一卷、詔問和戰守三者孰便、臣謹對、臣聞國家之和賊如里老（宋朝之、除、和、除、戰、原、不、過、如、此）之和事、和事、呀里老和事和不的罷、國家事和不來怎了、本房擬他狀元、好沒分曉、且看第二卷、這意思、主守、[看科]臣聞天子之守國、如女子之守身、也比的小了、再看第三卷、到是主戰、[看科]臣

趣卄

開南衙之戰北、如老陽之戰陰、此語特奇、但是周易有陰陽交戰之說、以前主和被秦太師誤了、今日權取主戰者第一、主守者第二、主和者第三、其餘諸卷以次而定、

【一封書】文章五色訛、生怕冬烘頭腦多、總費他墨磨、筆尖花無一箇、恁這裡龍門日日開、那都待要、尺水翻成一丈波、却也無奈了也、是浪桃花當一科池裡無魚可奈何、（封卷科）

【神仗兒】（生）（上）風塵戰鬭、風塵戰鬭、奇材輻輳、（丑）秀

臧曰臨川又說時事矣

才來的停當試期過了（生）呀試期過了文字可進呈麼（丑）不進呈難道等你道英雄入彀恰鎖院進呈時候（生）怕沒有狀元在裡也哥（丑）不多有三個了（生）咳萬馬爭先偏驊騮落後你快稟有個遺才狀元求見（丑）這是朝房裏面府州縣道告遺才哩（生）大哥你真個不稟哭（科）天呵苗老先賞發俺來獻寶止不住卞和羞對重瞳雙目流

（淨聽科）掌門的這什麼所在拿過來（丑扯生進

科〔生〕告遺才的望老大人收考、〔淨〕吠也聖旨臨軒、翰林院封進、誰敢再收、〔生哭科〕生員從嶺南萬里帶家口而來、無路可投、願觸金堦而死〔生起觸堦丑扯科〕〔淨背科〕這秀才像是柳生、真乃南海遺珠也、〔回科〕秀才上來、可有卷子麼、〔生〕備有、〔淨〕這等姑准收考、一視同仁、〔生跪科〕千載奇遇、〔淨念題科〕聖旨問汝多士、近聞金兵犯境、惟有和戰守三策、其便何如、〔生叩頭科〕領聖旨、〔起科〕〔丑〕東席舍去、〔生寫策科〕〔淨〕再將前卷細觀、〔看科頭卷主戰、二卷主守、三卷主和、主和的、怕不中聖意、（生交卷淨看科）呀、風簷寸晷、立掃千言、可敬可敬、俺急忙難看、只說和戰守三件、你主那一件兒、（生）生員也無偏主、天下大勢、能戰而後能守、能守而後能戰、可戰可守而後能和、如醫用藥、戰爲表、守爲裏、和在表裏之間、（淨）高見高見、則當今事勢何如、

【馬蹄花】（生）當今呵、寶駕遲留、則道西湖晝錦遊、爲三秋桂子、十里荷香、一段邊愁、則願的吳山

自當行

立馬一　八休俺燕雲唾手何時就若止是和呵

小朝廷　枉殺江南便戰守呵請鑾輿略近神州

（淨）秀才言之有理

（外）聖主垂旒想泣玉遺珠一網收對策者千餘

人那些不知時務未曉天心怎做儒流似你呵

三分話點破帝王憂萬言策檢盡乾坤漏（生）小

生嶺海之士（淨）低科知道了你釣竿兒拂綽了

珊瑚敢今番着了鰲頭秀才午門外候旨（生）應

出背科（淨）這試官却是苗老大人嫌疑之際不可

科試、丑當清鏡明開眼、惟願朱衣暗點頭、（生下）
（淨）試卷俱已詳定、左右跟隨進呈去、（行科）絲綸
閣下文章靜、鐘鼓樓中刻漏長、呀那里鼓響、（內
急擂鼓科）（丑）是樞密府樓前邊報鼓、（內馬嘶科）
（淨）邊報警急、怎了怎了、（外扮老樞密上）花萼夾
城通御氣、芙蓉小苑入邊愁、（見科）淨老先生奏
邊事而來、（外）便是、先生爲進卷而來、（淨）正是、（外）
今日之事、以緩急爲先後、僭了、（外叩頭奏事科）
掌管天下兵馬知樞密院事臣謹奏、俺主、（內宣

科所奏何事、

滴溜子（外）金人的金人的風聞入寇（內）誰是先鋒（外）李全的李全的前來戰鬬（內）到甚麼地方了（外）報到了淮揚左右（內）何人可以調度（外）有杜寶現爲淮揚安撫怕邊關早晚休要星忙廝救（淨叩頭奏事科）臣看卷官苗舜賓謹奏俺主（又）臨軒的臨軒的文章看就呈御覽呈御覽定其卷首黃道日傳臚祇候衆多官在殿頭把瓊林宴備久（內）奏事官午門外伺候（外淨同起科）

〔淨〕老先生聽的金兵爲何而動、〔外〕適纔不敢奏知金主此行單爲搶占西湖美景而來、〔淨〕痴韃子、西湖是俺們大家受用的、若搶了西湖去、這杭州通沒用了、〔內〕宣科聽旨、朕惟治天下有緩有急、乃武乃文、今淮揚危急、便着安撫杜寶前去迎敵、不可有遲、其傳臚一事、待干戈寧集、偃武修文、可諭知多士、叩頭、〔外淨〕叩頭呼萬歲起介

集唐〔外〕澤國江山入戰圖〔淨〕曳裾終日盛文儒

〔外〕多才自有雲霄望〔淨〕其奈邊防重武夫

第四十二齣　移鎮

〔夜遊朝〕〔外扮杜安撫引衆上〕西風揚子津頭樹、望長淮渺渺愁予、枕障江南、鈎連塞北、如此江山幾處。〔訴中情〕砧聲又報一年秋、江山去悠悠、塞艸中原何處、一鴈過、淮樓。　天下事、鬢邊愁、付東流、有分吾家小杜、清時醉夢揚州、自家淮揚安撫使杜寶、自到揚州三載、雖則李全騷擾、喜得大勢平安、昨日打聽金兵要來、下官十分憂患、可奈

夫人不解事、偏將亾女縈傷心、(老旦引貼上)
似娘兒夫主掌兵符、也相從燕幙棲遲、(嘆介)画
屛風外秦淮樹。看雨點金焦。十分眉恨。片影江
湖。相公萬福、(外)夫人免禮、(玉樓春)(老)相公幾年
別下南安路、春去秋來朝復暮、(外)空懷錦水故
鄉情、不見揚州行樂處、(老)你摩梭老劍評今古
那個英雄閑佇處、(泪科)(合)忘憂恨自少宜男、泪
灑嶺雲江外樹、(老)相公俺提起亡女你便無言
豈知俺心中愁根、一來爲苦俺女兒、二來爲全

無子息，待趙在揚州尋下一房，與相公傳後，尊意何如。（外）使不得，部民之女哩。（老）這等，過江金陵女子，可好。（外）當今王事匆匆，何心及此。（老）苦殺俺麗娘兒也。（哭科）（淨扮報子上）詔從日月威光遠，兵洗江淮殺氣高。稟老爺，有朝報。（外）起看報科）樞密院一本，爲金兵寇淮事，奉聖旨，便着淮揚安撫使杜寶刻日渡淮，不許遲誤，欽此。呀，兵機緊急，聖旨森嚴，夫人，俺同你移鎮淮安，就此起程了。（丑扮驛丞上）羽檄從參贊，牙籤報驛

莊示、秀似盛唐人詩

程、稟老爺、船隻齊備、（內鼓吹科）（丑上船科）（內稟）合屬官、丈候送、（外分付起去科）（外）夫人又是一江秋色也、

（長拍）天意秋初、天意秋初、金風微度城闕、外画橋烟樹看初收潑火、嫩涼生微雨沾裾移画舸、浸蓬壺報潮生風氣肅、浪花飛吐點點白鷗飛、近渡風定也、落日搖帆映綠蒲白雲秋窣的鳴簫鼓何處菱歌喚起江湖、呀岸上跑馬的什麼人、（末扮報子跑馬上）

〔不是路〕馬上傳呼、慢櫓停船看羽書、〔外〕怎的來〔末〕那淮安府、李全將次逞狂圖、〔外〕可發兵守禦〔末〕怎支吾、星飛調度遲安撫、則怕道水路裡躭延、你還走旱途、〔外〕休驚懼、夫人吾當走馬紅亭路、你轉船歸去、轉船歸去、〔老〕咳、後面報馬又到哩、〔丑扮報子上〕

〔又〕萬騎胡奴、他要塹斷長淮塞五湖、老爺快行休遲誤、小的先去也、怕圍城緩急要降胡、〔下〕〔老旦哭科〕待何如、你星霜滿鬢當戎虜、似這烽火

連天各路衢、（外）眞愁伲、怕揚州隔斷無歸路、再和你相逢何處、相逢何處、夫人就此告辭了、揚州定然有警、可徑走歸安、

短拍（旦）老影分飛、老影分飛、似參軍杜甫把山妻泣向天隅、（老旦哭科）無女一身孤、亂軍中別了夫主、（介）有什麽、命夫命婦都是些鰥寡孤獨生和死圖的箇夢和書、

尾聲老殘生兩下裡自支吾、（外）俺做的是這地頭軍府、（老旦）老爺也珍重你這滿眼兵戈一腐

亦似盛唐此等曲正宜鐵拍板銅將軍歌之不妨并也

儒（外下）（老旦嘆科）天呵看揚州兵火滿道春香和你徑走臨安去也

集唐　隋堤風物已淒涼　楚漢寧教作戰場
闔閭不知戎馬事　雙雙相趁下殘陽

第四十三齣　禦淮

【六幺令】（外引生末扮衆軍行上）西風揚譟、漫騰騰殺氣兵妖、望黃淮秋捲浪雲高排雁陣、展龍韜、斷重圍、殺過河陽道、（外）走乏了、（衆）軍士前面何處、（衆）淮城近了、（外望科）天呵、（昭君怨）剩得江山一半、又被胡笳吹斷、(衆)秋艸舊長營、血風腥、(外)聽得猿啼鶴怨、淚濕征袍如汗、(衆)老爺呵、無淚向天傾、且前征、(外)衆三軍、俺的兒、你看咫尺淮城、兵勢危急、俺們一邊捨死先衝入城、一面奏請朝廷添兵救助、三軍聽令、鼓勇而行、(衆哭應科)謹如軍令、(行科)

(四)邊靜、坐鞍心、把定中軍號、四面旌旗遶、旗開月影搖、塵迷、日光小、(合)胡兵氣驕、南兵路遥、血暈幾重圍、孤城怎生料、(外)前面寇兵截路、衝殺

前去、〔合下〕

〔乂〕〔淨引丑貼扮衆軍喊上〕李將軍射鴈穿心落豹子翻身嚼單尖寶蹬挑、把追風驌旗兒裊、〔合前〕〔淨笑科〕你看俺溜金王手下雄兵萬餘、把淮陰城圍了七過遭、好不緊也、〔內擂鼓喊科〕〔淨〕呀、前路兵風想是杜安撫來到、分兵一千迎殺前去〔虛下〕〔外衆唱合前上〕〔淨衆上打話單戰科〕〔淨叫衆擺長陣攔路科〕〔外叫衆軍衝圍殺進城去科〕〔淨〕呀、杜家兵衝入圍城去了、且由他喫盡糧艸、自然投

降也（谷前下）
番卜筭（老旦末扮文官上）鎮日陣雲飄閃却烏紗帽（淨丑扮武官上）（淨）長鎗大劍把河橋（丑）鼓角如龍吼見科）請了（更漏子）（老）枕淮樓歸海際（末）殺氣騰天震地（丑）聞砲鼓使人驚揷天飛不成（淨）匣中劍腰間箭領取背城一戰（合）愁地道怕天衝幾時來杜公（老）俺們是淮安府行軍司馬和造參謀都是文官遭北賊兵圍繫人已迎取安撫杜老大人還不見到敢問二位留守將軍有何計

策、（丑）依在下所見、降了他罷、（末）怎說這話、（丑）不降、走爲上計、（老）走的一丁、走不的十口、（丑）這般說、俺小奶奶那一口放那裡、（淨）鎖放大櫃子裡、（丑）鑰匙呢、（淨）放俺處、李全不來、替你托妻寄子、（丑）李全來呢、（淨）替你出妻獻子、（丑）好朋友、好朋友、（內擂鼓喊科）（生扮報子上）報、報、報、正南一枝兵馬破圍而來、杜老爺到也、（衆）快開城迎接去、天地日流血、朝廷誰請纓、（並下）

（金錢花）（外引衆上）連天殺氣蕭條、蕭條、連城圍了週遭遭、迴遭、風喇喇、陣旗飄冉開城下弔橋、(老旦等上)(合)文和武、索迎着、(衆跪科)文武官屬迎接老大人、(外)起來敵樓相見(衆等應下)

(又外)胡塵染惹征袍、征袍、血花風腥寶刀、寶刀、(内擂鼓科)淮安鼓揚州簫、擺鸞旗、登麗譙、(合)排衙了列功曹、(到科)(貼扮辦官上)稟老爺升座、

粉蝶兒引(外)萬里寄龍韜、那得戍樓清嘯、(貼報門科)文武官屬進(老旦等參見科)孤城累卵方當萬死之危、開府弄丸來赴兩家之難、凡俺官

諢甚不雅

寮禮當拜謝、（外）兵鋒四起、勞苦諸公、皆老夫遲
慢之罪、只長揖便了、（衆應起揖科）（外）看來此賊
頗有兵機、放俺入城、其中有計、（衆）不過穿地道、
起雲梯、下官粗知備禦、（外）怕的是鎖城之法耳、
（丑）敢問何謂鎖城、是裡面鎖、外面鎖、外面鎖鎖
住了溜金王、若裡面鎖、連下官都鎖住了、（外）不
提起罷了、城中兵幾何、（淨）一萬三千、（外）糧草幾
何、可支半年、（外）文武同心、救援可待、（內擂鼓喊
科）（生扮報子上）報報報、李全兵緊圍了、（外）長嘆

【生】這賊好無理也、

【剗鍬兒】兵多食廣禁圍遶、則要你文班武職兩和調、【衆】巡城徹昏曉、這軍民苦勞、【内喊科】【泣科】

【合】那兵風正號、俺軍聲靜悄、【外拜天衆扶同拜科】【生】淚灑孤城、把蒼天暗禱、

【又】【衆】危樓百尺堪長嘯、籌邊兩字寄英豪、【外】江淮未應小、君侯佩刀、【合前】【外】從今日起、文官守城、武官出戰、隨機策應、【丑】則怕大金家來了、

【尾犯】【外】金兵呵他看頭勢而來不定交、休先倒

折了趙家旗號便來了也少不得死裡求生那一着敲、

集唐　日日風吹虜騎塵　三千犀甲擁朱輪
胸中別有安邊計　莫遣功名屬別人

第四十四齣　急難

【菊花新】【旦上】曉妝臺圓夢鵲聲高、閑把金釵帶笑、敲博山秋影摇、盼泥金、俺明香暗焦、鬼魂求出世貧落望登科、夫榮妻貴顯、凝盼事如何、俺杜麗娘跟隨柳郎科試、偶逢天子招賢只這些時

臧曰此見散套數公對景無言無論唱者須有傳授作者亦空斟酌為之方合節奏

還遲喜報正是長安咫尺如千里夫婿迢遞第一人、

【出隊子】（上生）詞場湊巧、無奈兵戈起禍苗、盼泥金賺殺玉多嬌、他待地窟裡隨人上九霄、一脈離魂江雲暮潮、（見科）（旦）柳郎你回來了、望你高車晝錦、為何徒步而回、（生）聽俺道來、

【尾犯兒】去遲科試收場鎖院散羣豪、（旦）咳原來去遲了、（生）喜逢着舊知交、（旦）可曾補上、（生）虧他薦船明月又把去珠淘、（旦喜科）好了、放榜未、（生）

緘日遲誤你夫人花誥比如你泉路可心焦並佳

恰正在奏龍樓開鳳榜蹊蹺、（旦）怎生蹊蹺、（生）你不知大金家兵起、殺過淮揚來了、忺、喇、殺、細、柳、營權、將、杏、苑、拋、剛、則、遲、誤、了、你、夫、人、花、誥、（旦）遲也不爭幾時、則問你淮揚地方、便是俺爹爹管轄之處了、（生）便是、（旦）（哭科）天也、俺的爹娘怎了（泣科）（生）直恁的活擦擦、痛生生膓斷了、比、如、你、在、泉、路、裡、可心、焦、（旦）奴有一言、未忍啓齒、（生）但說不妨、（旦）柳郎放榜之期尚遠、欲煩你淮揚打聽爹娘消息、未審許否、（生）謹依尊命、奈放小姐

不下、〔旦〕不妨、奴家自會支吾、〔生〕這等就此起程
了、
〔榴花泣〕〔旦〕白雲親舍、俺孤、影舊梅梢、香魂冷嘆
寥寥、怎知、魂向、你、柳枝、銷、維揚千里長是一靈
飄、回生事少、爹娘呵、聽的俺活來人世驚一跳、
平、白地鳳、墻過門、好似、半青天鵲影成橋
〔又〕〔生〕俺且行且止、兩處係心苗、要留旅店伴多嬌
〔旦〕有姑姑爲伴〔生〕陰人難伴、你這冷長宵、把心兒
不定、還、怕、你舊魂飄、〔旦〕再不飄了、〔生〕俺文高中

好甚

妙甚

高怕一時榜下歸難到〔旦泣科〕俺爹娘呵〔生〕你念雙親捨的離情俺爲半子怎惜攀高小姐畢人拜見岳翁岳母起頭便問及回生之事了

漁家燈〔旦嘆科〕說來的似怪如妖怕爹爹執古粧蹻〔想科〕有了將奴春容帶在身傍但見了一幅春容少不的問俺兩下根苗〔生〕問時怎生打話〔旦〕則說是天曹偶然注定的姻緣到驀踏着墓墳開了〔生〕說你先到俺書齋纔好〔旦羞科〕休喬這話教人笑略說與梅香賊牢

【生】又俺滿意兒待駟馬過門、和你離魂女同歸、氣高、誰承望探高親去傍干戈、怕寒儒欠整衣毛、

【旦】女婿老成些不妨、則途路孤棲使奴掛念【生】秋宵、雲横、鴈字、斜陽、道向、秦淮、夜泊、魂消、【旦】去、你去時令落些回來、報中了狀元呵【生】各標大拜門、喧笑抵多少駙馬還朝、【淨上】雨傘晴兼雨、春容秋復春、包袱雨傘在此、

【尾聲】【拜別科】【旦】秀才郎擽的箇門楣着、【生】報重生這懽聲不小、【旦】柳郎那裡平安了便回、休只

頭頭是道
仙才也

顧的月明橋上聽吹簫

集唐

不爲經時謁丈人　囊無一物獻尊親
馬蹄漸入揚州路　兩地各傷無限神

牡丹亭三卷終

第四十五折　寇間

包子令（老旦外扮賊）大王原是小嘍囉、小嘍囉娘娘原是小旗婆、（兵巡哨上）小旗婆、立下箇艸朝忒快活、虧心又去搶山河、（合）轉巡邏、山前山後一聲鑼、兒弟大王爺攻打淮城、要箇人見杜安撫打話、大路頭影兒沒一箇、小路頭尋去、（唱合前下）（末背雨傘包袱上）

駐馬聽 家舍南安、有道爲生新失館、要腰纏十、萬、教學千年、方纔貫滿、俺陳最良爲報杜小姐之事、揚州見杜安撫大人、誰知他淮安被圍、教俺沒前沒後、大路上不敢行走、抄從小路而去、學先師傳食走胡旋、怯書生避寇遭塗炭、你看樹影彫殘、猿啼虎嘯、教人悲嘆、（丑外上）明知山有虎、故向虎邊行、烏漢那裏去、（拿科）（末）饒命大王、（外）還有個大王哩、（末）天天、怎了、正是烏鵲喜鵲同行、吉凶全然未保、（並下）（淨丑衆上）

（普賢歌）莽乾坤生俺賊兒頑、誰道賊人膽裏單、南朝俺不蠻、北朝俺不畨、甚天公有處安排俺、〔淨〕娘娘、俺和你圍了淮安許時、只是不下、要得個人去淮安打話、兼看杜安撫動定如何、則眼下無人可使哩、〔丑〕必得杜老兒親信之人、將計就計、方且可行、〔外綁末上〕

【粉蝶兒】沒路走羊腸、天天呵撞入這屠門怎放、〔見科〕〔外〕稟大王、拿得南朝漢子在此、〔淨〕是個老兒、何方人氏、作何生理、〔末〕聽稟、

【大迓鼓】生員陳最良、南安人氏、訪舊淮揚、〔淨〕訪

誰、末便是杜安撫、他後堂曾設扶風帳、丑你原來他衙中教學、幾個學生、末則他甄氏夫人、單生下一女、女書生少年亡、丑還有何人、末義女春香夫人伴房、丑笑背科一向不知杜老家中事體、今日得知、吾有計矣、回科這腐儒且帶在轅門外去、衆應押末下科丑大王、奴家有了一計、昨日殺了幾個婦人、可於中取出首級二顆、則說杜家老小回至揚州、被俺手下殺了、獻首在此、故意蘇放那腐儒、傳示杜老、杜老心寒、必

腐甚趣甚
作者亦快

無守城之意矣〔淨〕高見高見〔淨〕起低聲分付科
叫中軍〔生扮上〕〔淨〕俺請那腐儒講話中間你可
將昨日殺的婦人首級二顆來獻則說是杜安
撫夫人甄氏和他使女春香牢記着〔生應下〕〔淨〕
左右再拿秀才來見〔衆押末上科〕〔末〕饒命大王
〔淨〕你是個細作不可輕饒〔丑〕勸大王鬆了他聽
他講些兵法到好〔淨〕也罷依娘娘說鬆了他〔衆
放末綁科〕〔末叩頭科〕叩謝大王娘娘不殺之恩
〔淨〕起來講些兵法俺聽〔末〕衛靈公問陣於孔子

活矣

臧曰以衛靈公問陳為兵法又云夫人南子是老學究本色

趣

孔子不對說道吾未見好德如好色者也(淨)這是怎麼說(末)則因彼時衛靈公有個夫人南子、同座先師所以怕得講話(淨)他夫人是南子、俺這娘娘是婦人、(內擂鼓生扮報子上科)報報報、揚州路上兵馬殺了杜安撫家小、來獻首級討賞、(淨看科)則怕是假的、(衆)千眞萬眞、夫人甄氏、這個使女叫做春香、(末做看認驚哭科)天呵眞個是老夫人和春香也、(淨)哇、腐儒啼哭甚麼、還要打破淮城、殺杜老兒去、(末)饒了罷、大王、(淨)要

描畫腐儒可称寫照

饒他除非是獻了這座淮安城（末）這等容生員去傳示大王虎威立取回報（丑）大王恕你一刀腐儒快走（内擂鼓發喊鬧門科）（末作怕科）

尾聲顯威風記的這澑金王（淨丑）你去說與杜安撫呵着什麼耀武揚威早納降俺實實的要展江山非是謊（下）（末打躬送弔場科）活強盜活強盜殺了杜老夫人春香不免城中報去

集唐　海神東過惡風迴　日暮沙場飛作灰
今日山翁舊賓主　與人頭上拂塵埃

第四十六折　折寇

破陣子（外戎裝佩劍引衆上）接濟風雲陣勢、侵尋歲月邊陲、（内擂鼓喊科）（外歎科）你看虎咆般砲石連雷碎、雁翅似刀輪密雪施、李全、李全、你待要覇江山吾在此、（集唐）誰能談笑解重圍、萬里胡天鳥不飛、今日海門南畔事、滿頭霜雪為兵機、我杜寶自到淮揚、即遭兵亂、孤城一片、困此此重圍、只索調度兵糧、飛揚金鼓、生還無日、死守由天、潛坐敵樓之中、追想靖康而後、中原一望、萬事傷

此等曲自是元人本色語惟臨川深于元劇故時有此等語惟晉叔深于元劇故每每称許之

心、

【玉桂枝】問天何意有三光不分夏夷把握擅吹換人間豈望中原做了黃沙片地（悩科）猛沖冠怒起猛沖冠怒起是誰弄的江山如是（嘆科）中原已矣關河困心事違也則願保揚州濟淮水俺看李金賊數萬之衆破此何難進退遲疑其間有故俺有一計可救圍恨無人與遊說（內擂鼓科）（淨扮報子上）羽檄場中無雁到鬼門關上有人來好笑城圍的鉄桶似緊有秀才來打秋

風則索報去稟老爺有個故人相訪外敢是好細淨説是江右南安府陳秀才外這迂儒怎生飛的進來快請快請

浣溪沙上末擺旌旗添景致又不是鬧元宵鼓砲齊飛杜老爺在那裏外出笑迎科忽聞的千里故人誰嘆科原來是先生到此教俺驚垂淚末老公相你頭通白了合白首相看俺與伊三年一見愁眉拜科末集唐頭白乘驢懸布裳外故人相見憶山陽末橫塘一別千餘里外却認并

臧曰二曲詞亦耐做

州作故鄉、（末）恭諗公相、又苦傷老夫人回揚州被賊兵所算了、（外驚科）怎知道、（末）生員在賊營中、眼同驗過老夫人首級和春香都殺了、（外哭、科）天呵、痛殺俺也、

（玉桂枝）相夫登第、表賢名甄家老妻、稱皇宣一品夫人、又待伴俺立雙忠烈女、想賢妻在日、想賢妻在日、淒然垂淚、白頭拋棄、（外哭倒眾扶科）（末）我的老夫人、老夫人、老夫人怎了、你將官們也大家哭一聲兒麽、（眾哭科）老夫人呵、（外作惱拭淚科）

呀、好沒來由、夫人是朝廷命婦、罵賊而死、理所當然、我怎爲他亂了方寸、灰了軍心、身爲將、顧的誰、任悽惶、百無悔、陳先生溜金王還有講麼、（末）不好說得、他還要殺老先生、（外）咳、他殺俺甚意兒、俺殺他全爲國、（末）依了生員兩下都不要殺、〔微揖外耳語科〕（末）那溜金王要這座淮安城、（外）禁聲、那賊營中是一個座位、兩個座位、（末）他和妻子連席而坐、〔外笑科〕這等、吾解此圍必矣、先生竟爲何來、（末）老先生不問、幾乎忘了、爲小

恰好

姐墳兒被盜竟此相報〔外驚科〕天可憐冢中枯骨與賊何仇都則爲那些寶玩害了也賊是誰〔末〕老公相去後道姑招了個嶺南遊棍柳夢梅爲伴見物起心一夜刼墳逃去屍骨投之池水中因此不遠千里而告〔外嘆科〕女墳被發夫人遭難正是未歸三尺土難保百年身既歸三尺土難保百年墳也索罷了則可惜先生一片好心〔末〕生員拜別老公相後一發貧薄了〔外嘆科〕軍中倉卒無以爲情我把一大功勞先生幹去〔末〕

腐而趣

願效勞（外）我久寫下咫尺之書要李全解散三軍之衆餘無可使煩公一行左右取書儀來倘說得李全降順便可歸奏朝廷自有個出身之處（生）取書禮（科）儒生三寸舌將軍一紙書書儀在此（末）途費謹領送書一事其實怕人（外）不妨

【櫑花泣】兵如鐵桶一使在其中將折簡去和戎陳先生你志誠打的賊兒通雖然寇盜亦是一奸雄他也相機而動（末）恐遊說非書生之事（外）看他開閫放你來此其意可知你這書生正好

臧曰無端放着個蓼兒洼明助

倣傳書用、（末）仗恩臺一字長城借寒儒八面威風、（內）鼓吹科

（尾聲）戍樓羌笛話匆匆、事成呵你歸去朝廷沾寸寵、這紙書、敢則是保障江淮第一封、

（外）隔河征戰幾歸人（末）五馬流傳待幕賓

集唐（外）勞動先生遠相訪（末）恩波自會惜枯鱗

第四十七折　圍釋

（出隊子）（貼扮通事上）一天之下、南北分開兩事家、中間放着個蓼兒洼、明助着番家打漢家、通事中

番家打賞家疑元人有此語爲臨川拾得

間撥嘴撩牙、事有足詫、理有必然、自家濟金主麾下一名通事便是、好笑好笑、俺大王助金圍宋、攻打淮城、誰知北朝暗地差人去到南朝講話、正是暫通禽獸語、終是犬羊心、（下）

雙勸酒（淨引衆上）橫江虎牙、揷天鷹架、擂鼓揚旗、衝車甲馬、把座錦城牆圍、的陣雲花杜、安撫你有翅難加、自家濟金王攻打淮城日久未下、外勢雖然虎踞、中心未免狐疑、一來怕南朝大兵、兼程策應、二來怕北朝見責、委任無功、眞個進退兩難、待娘娘到來計議、(丑上)驅兵捉將蚩尤女捏鬼粧神豹子妻、大王你可聽見大金家有人南郭打話、回到俺營門之外了、(淨)有這事、(老旦)扮番將帶刀騎馬上

北夜行船大北裏宣差傳站馬、虎頭牌滴溜溜的分花、(外扮馬夫趕上科)滑了、滑了、(老旦)那古裏誰家、跑番了拽喇、怎生呵大營盤、沒箇人見答煞(外大叫科)溜金爺北朝天使到來、(下)(淨丑作慌科)快叫通事請進、(貼上接跪科)溜金王患病

臧曰以胡語作諢者謂非中國人所習聞也元劇中亦有此

了、請那顏進、老旦可纔可纔道句兒克卜喇、下

馬上坐科都兒都兒、淨問貼科怎麼說、貼惱了、

淨丑舉手老旦做惱不回科扯淨科鐵力溫都

答喇、淨問貼科怎說、貼不敢說要殺了、淨却怎

了、老旦做看丑笑科忽伶忽伶、丑問貼科貼嘆

娘娘生的妙、老旦克老克老、貼說走渴了、老旦

手足做惱科兀該打喇、貼叫馬乳酒、老旦約兒

兀只、貼要燒羊肉、淨叫科快取羊肉乳酒來、外

詩酒肉上科老旦灑酒取刀割羊肉喫笑將羊

油手摖胷科一六兀剌的、(貼)不惱了、說有禮體、(老旦作醉科)鎖陀八、鎖陀八、(貼)說醉了、(老旦作看丑科)倒喇喇、(丑笑科)怎說、(貼)要娘娘唱箇曲兒、(丑)使得

(北清江引)呀啞觀音覷着個番答辣胡蘆提笑哈兀那是都麻請將來岸答撞門兒一句咬兒只不毛古喇、通事我斟一杯酒、你送與他、(貼作送酒科)阿阿兒該力、(丑)通事說甚麼、(貼)小的稟娘娘送酒、(丑)着了、(老旦作醉看丑科)孛知孛知、

貼又央娘娘舞一回、丑使得、取我的梨花鎗來持鎗舞科又冷梨花點點風兒刮、鬖得腰身乍、胡旋兒打一車、花門折一花、把一箇睃㚒老那顔風勢煞、老旦反背拍袖笑倒科忽伶忽伶、貼扶起老旦扶老旦擺手到地科阿來不來、貼這便是唱喏、叫唱一直、老旦笑點頭招丑科哈撒哈撒、貼要問娘娘、丑笑科問甚麼、老旦扯丑輕說科哈散兀該毛克喇、毛克喇、丑笑問貼科怎說貼作摇頭〔丑〕問娘娘討件東西、〔正笑科〕討甚麼〔貼〕通事不敢說、〔老旦笑倒科〕古魯古魯、〔淨背叫貼問科〕他要娘娘甚麼東西、古魯古魯不住的、〔貼〕這件東西、是要不得的、便要時、則怕娘娘不捨的、便是娘娘捨的、大王也不捨的、便大王捨的、小的也不捨的、〔淨〕甚東西、直恁捨不的、〔貼〕他這話到明哈嗽兀該、毛克喇、要娘娘有毛的所在、〔淨作惱科〕氣也氣也、這臊子好大膽、快取鎗來、〔淨作持花鎗趕殺科〕〔貼扶醉老旦走老旦提酒壺〕

（古魯古魯架住鎗科）

【北尾】【淨】你借醋葫蘆、指望把梨花架、搡奴鐵圍牆敢靠定你大金家、（溺倒老旦科）則踹着你那幾莖兒苦鬍的赤支沙、把那嘸腥臊的嗘子兒生搽殺、（丑扯住淨放老旦科）【老旦】曳剌曳剌哈、哩、（指淨科）力婁吉丁母剌失、力婁吉丁母剌失、（作閃袖走下科）【淨】氣殺我也、那曳剌哈的什麽、【貼】叫引馬的去、【淨】怎指着我力婁吉丁母剌失、【貼】這要奏過他主兒、叫人來相殺、（淨作惱科）【丑】

老大王、你可也當着不着的〔淨〕啐、着了你那毛格剌哩、〔丑〕便許他在那裏、你却也忒撚酸、〔淨〕不諦〔丑〕正是我、一時風火性、大金家得知這、潘金王到有些欠穩、〔丑〕便是、番使南朝、而回未必其中無話、〔淨〕娘娘高見何如〔淨〕容奴家揣思〔内〕擂鼓科〔丑〕〔貼扮報子上〕報報報、前日放去的老秀才、從淮城中單馬飛來、道有緊急、投見大王、〔丑〕恰好、着他進來、

縷縷金〔末〕〔上〕無之奈可如何、書生承將令、強嘍囉、

(内喊介驚跌杜)一聲金砲響將人跌蹉可憐可憐、重重寄札是干戈、其間放着我、(貼唱門科)生員進、(末見科)萬死一生生員陳最良百拜大王殿下、娘娘殿下、(淨)杜安撫獻了城池(末)城池不爲希罕、敬來獻一座王位與大王(淨)寡人久已爲王了、(末)正是官上加官職上添職杜安撫有書呈上、(淨看書科)通家生杜寶頓首李王麾下、(問末科)秀才我與杜安撫有何通家(末)漢朝有個李、杜、至交、唐朝也有個李杜、契友、因此杜安、

賊曰通家等語甚辻

然出腐儒之口足稱專對

趣甚

撫、斗、膽、稱、個、通、家（淨）這老兒好意思、書有何言（讀科）一封書聞君事外朝、狠虎心腸難定交、肯回心聖朝、保富貴、全忠孝、平梁取釆須收好、背暗投明帶早超、憑陸賈說莊蹻、顒望麾慈卽鑒昭（笑科）這書勸我降宋、其實難從、外客啓一、通奉呈尊、閫、夫、人、（笑科）杜安撫也畏敬娘娘哩、（丑）你念我聽、（淨看書科）通家生杜寶歛衽楊老娘娘帳前、咳也、杜安撫與娘娘又通家起來、（末）大、王、通、得、去、娘、娘、也、通、得、去、〔淨〕也通得去、只漢子不該說斂袵、〔末〕娘、娘、肯斂袵而、朝、安、撫、敢不斂袵而拜、〔丑〕說得好、細念我聽、〔淨念書科〕通家生杜寶斂袵楊老娘娘帳前、遠聞金朝封貴夫爲潘金王、並無封號及于夫人、此何禮也、杜寶久已保奏大宋、敕封夫人爲討金娘娘之職、伏惟粧奩鑒納不宣、好也、到先替娘娘討了恩典哩、〔丑〕陳秀才、封我討金娘娘、難道要俺征討大金家不成、〔末〕受了封誥後、但是娘娘要金子、都來宋朝

巧甚

取用、因此叫做討金娘娘、(丑)這等是你宋朝美意、(末)不說娘娘、便是衛靈公夫人也說宋朝之美。(丑)依你說、我冠兒上金子成色要高、我是帶盔兒的娘子、近時人家首飾渾脫就一個盔兒、要你南朝照樣打造一付送我、(末)都在陳最良身上、(淨)你只顧討金討金、把我這溜金王溜在那裏、(丑)連你也做了討金王罷、(淨)謝承了、(末)叩頭科、則怕大王娘娘退悔、(丑)俺主定了、便寫下降表齎發秀才回奏南朝去、

〔又〕歸依大宋朝生怕金家成禍萌、〔丑〕秀才、你擔

〔淨〕承這遭、要黃金須任討、〔末〕大王你鄱陽湖磬響

收心早、娘娘你黑海岸回頭星宿高、〔合〕便休兵

隨聽招、免的名標在叛賊條、〔淨〕秀才公館畱宴、

星夜艸表送行、〔舉手送末拜別科〕

〔尾聲〕〔淨〕咱、比、李、山、兒、何、足、道、這、楊、令、婆、委、實、高、

〔末〕帶了你這一紙降書、管取那趙官家歡笑倒、

〔末下〕〔淨丑弔場〕〔淨〕娘娘則爲失了一邊金、得了

兩條玉、人要一個王不能勾、俺領下兩個王號、

豈不樂哉、〔丑〕不要慌、還有第三箇王號、〔淨〕甚麼王號、〔丑〕叫做齊肩一字王、〔淨〕怎麼、〔丑〕殺哩、〔淨〕隨順他又殺甚麼、〔丑〕你俺兩人作這大賊全仗金韃子威勢、如今反了面、南朝拿你何難、〔淨作惱科〕哎喲、俺有萬夫不當之勇、何懼南朝、〔丑〕你眞是個楚霸王不到烏江不止、〔淨〕胡說便作俺做楚霸王、要你做虞美人、定不把趙康王占了你去、〔丑〕罷、你也做楚霸王不成、奴家的虞美人也做不成、換了題目做、〔淨〕甚麼題目、〔丑〕范蠡載西

一切科諢極盡聰明巧妙作者一肚皮不

施、（淨）五湖在那裏、去做海賊便了、（丑）作分付科

衆三軍、俺已降順了南朝、暫解淮圍、海上伺候

去、（衆）應科（扎）解圍了、（內）鼓科船隻齊備了、（內）鼓科

稟大王起行、（行科）

（江頭送別）淮揚外、淮揚外、海波搖動、東風勁、東

風勁、錦帆欠送、奪取蓬萊爲巢洞、鼇背上立着

旗峰、

（又）順天道、順天道、放些兒閑空、招安後、招安後、

再交兵言重、險做了爲金家傷炎宋、權袖手、做

合時宜都發洩盡矣

俺混海痴龍、（衆）稟大王娘娘、出海了、（淨）且下了營、天明進發、

集唐　干戈未定各爲君　龍鬭雌雄勢已分
獨把一麾江海去　莫將弓箭射官軍

第四十八折　遇母

【十二時】（旦上）不住的相思鬼、把前身退悔、土臭全消、肉香新長、嫁寒儒客店裡孤棲、（淨上）又着他攀高謁貴、【浣溪沙】（旦）寂寞秋牕冷簟紋、（淨）明璫玉枕舊香塵、（旦）斷潮歸去夢郎頻、（淨）桃、樹、巧、逢、

前、度、客、(旦)翠、烟、直、是、再、來、人、(合)月高風定影隨身、(旦)姑姑、奴家喜得重生、嫁了柳郎、只道一舉成名、同去拜訪爹媽、誰知朝廷爲着淮南兵亂開榜稽遲、我爹娘正在圍城之内、只得賞發柳郎、往壽消耗、撇下奴家錢唐客店、你看那江聲月色、悽慘人也、(淨)姐姐比你黄泉之下、景致爭多、(旦)這不在話了、

【鍼線廂】雖則是荒村店江聲月色、但說着墳窩裏前生今世、則這破門簾、亂撒星光内煞、強似

臧曰二曲俱佳

洞天黑地、姑姑呵、三不歸父母如何的七件事、兒夫靠着誰、心悠曳、不死不活睡夢裡為個人、兒（净）似小姐的罕有、（又）伴着你半間靈位、又守見你一房夫婿、（旦）姑姑、那夜搜尋秀才、知我閃在那裏、（净）則道画幀兒怎放的箇人迴避、做的事瞞神謊鬼、昏黑了、你看月兒黑黑的星兒瞬、螢火青青似鬼火吹、（旦）上燈哩、（净）沒油、黑坐地、三花兩熖畱的你聹解羅衣、（旦）夜長難睡、還向主家借些油去、（净）你

如此句晉叔何可輕易之耶

院子裡坐、咱去來、合着油瓶蓋、踏碎玉蓮蓬、(下)

(旦)玩月嘆(科)

月兒高(老旦貼行路上)江北生兵亂、江南走多半、不載香車穩、趿的鞋鞓斷、夫主兵權、望天涯生死知何判、前呼後擁、一個春香伴鳳髻消除打不上。揚州纂上岸了到臨安、趁黃昏黑影林巒生忔察的難投館、(貼)且喜到臨安了、(老)咳、萬死一逃生得到臨安府、俺女娘無處投長路多孤苦、(貼)前面像是個半開門兒、驀了進去、(老旦進科)呀

自是情語
不獨淒涼

門房空靜内可有人。(旦)誰。(貼)是個女人聲息。待打吽一聲、開門。(旦驚科)

(不是路)斜倚雕闌、何處嬌音、喚起、闌(老)行程晚、女娘們借住霎兒間、(旦)聽他言、聲音不似男兒漢、待自起、開門、月下、看、(見科)(旦)是一位女娘請裏坐、(老)相提盼人間天上行方便、(旦)趨迎遲慢、趨迎遲慢、(打照面科)(老作驚科)

(又)破屋頹椽、姐姐呵你怎獨坐無人燈不燃、(旦)這、閑、庭、院、玩清光長送過這月兒圓。(老背吽貼

拜月亭記　卷四　七

光景咄

（科）春香這像誰來、（貼驚科）不敢說、好像小姐、（老
你決瞧、房兒裏面還有甚人、若沒有人、敢是鬼
也、（貼下）（旦背立）這位女娘、好像我母親、那丫頭
好像春香、（作回問科）敢問老夫人何方而來、（老
嘆科）自淮安、我相公是淮揚安撫、遭兵難、我被
擄逃生到此間、（貼慌上背對老語科）一所空房
子、通沒個人影兒、是鬼、是鬼、（老作怕科）（旦）聽他
說起、是我的娘也、（旦向前哭娘科）（老作避科）敢
是我女孩兒、大慢了你、你活現了、春香有隨身

相會處極
有關目作
手作手

臧曰此從元劇中來

紙錢、快丟快丟、（貼丟紙錢科）（旦）兒不是鬼（老）不是鬼、我叫你三聲、要你應我一聲、高如一聲、（做三叫三應聲漸低科）（老）是鬼也、（旦）娘你女兒有話講（老）則咯靠遠、冷淋侵、一陣風、兒旋這般活現、（旦）那些活現、（旦扯老老作怕科）兒手恁般冷、（貼叩頭科）小姐休要撚了春香、（老）兒不曾廣超度你、是你父親古執、（旦哭科）娘你這等怕死、孩兒死不放娘去了、（淨持燈上）

（又）門戶牢拴、爲甚空堂人語諠、（照地科）這青苔

院、怎生吹落紙黃錢、（貼）夫人來、的不是道姑、（老）
可是、（淨驚科）呀老夫人和春香姐、那裏來、這般
大驚小怪、看他打盤旋、那夫人呵怕滲燈無艷、
將身、遠小姐恨不得、幽室生輝、得近前、（旦）姑姑
好來、奶奶害怕、（貼）這姑姑敢也是個鬼、（淨扯老
旦照旦科）休疑憚、移燈就月端詳遍、可是當年
人面、（合）是當年人面、（老抱旦泣科）見呵、便是鬼
娘也不捨的去了、
（又）腸斷三年、怎墜海明珠去復旋、（旦）爹娘面陰

臧曰春香見笓柳夢梅秀才驚異亦得體

司裏憐念把魂還、(貼)小姐你怎生出的墳來、(旦)好難言、(老)是怎生來、(旦)則感的是東嶽大恩眷、托夢一個書生把墓踹穿、(老)書生何方人氏、(旦)是嶺南柳夢梅、(貼)怪哉、當真有個柳和梅、(老)怎到得這裏來、(旦)他來科選、(老)這等是個好秀才、快請相見、(旦)我央他看淮揚動定去把爹娘探、因此上獨眠深院、獨眠深院、(老背與貼語科)有這等事、(貼)便是難道有這樣出跳的鬼、(老)回身泣科我的兒呵、

誠曰看時兒立地叫時娘各天語亦佳

番山虎則道你烈性上青天端坐在西方九品蓮不道三年鬼窟裏重相見哭的我手麻腸寸斷心枯淚點穿夢魂沉亂我神情倒顛看時兒立地叫時娘各天怕你茶酒無澆奠牛羊侵墓田〔介〕今夕何年今夕何年咦還怕這相逢夢邊

〔旦泣科〕

〔又〕你抛兒淺土骨冷難眠喫不盡爹娘飯江南寒食天可也不想有今日也道不起從前似這般胡突謎團圓事可憐鬼不要人不嫌不是前

平平淡淡自然當行所以不可及也

生斷今生怎得連、合前老老姑姑也虧你守着我兒

淨又近的話不堪提嚥、早森森地心踈體顫、空和。他做七做中元怎知他成雙成愛眷對老低語

科我捉鬼拿奸知他影戲兒做的恁活現合這、樣、奇、緣、這、樣、奇、緣、打、當、了、輪、迴、一、遍、

貼又論魂離倩女是有知、他三年外靈骸怎全、則恨他同棺槨少個郎官、誰想他爲院君這宅院、小姐呵、你做的相思鬼穿、你從夫意專、那一日。

春香不鋪其孝筵那節兒夫人不哀哉醮薦早知道你撇離了陰司跟了人上船（合前）

（尾聲）（老）感的化生女顯活在燈前面則你的親爹他在賊子窩中沒信傳（旦）娘放心有我那信付的人兒他穴地通天打聽的遠

集唐

（老）想像精靈欲見難（貼）碧桃何處便驂鸞

（旦）莫道非人身不煖（淨）菱花初曉鏡光寒

第四十九折　淮泊

（三登樂）（生）包袱雨傘上　有路難投禁得這亂離時候走

叫字從元劇中來

孤寒落葉知秋、爲嬌妻思岳丈、探聽揚州、又誰料他困守淮揚、齊奔前答救、【集唐】那能得討訪情親、濁水汙泥清路塵、自恨爲儒逢世難、却憐無事是家貧、俺柳夢梅陽世寒儒、蒙杜小姐陰司熱寵、得爲夫婦、相隨赴科、且喜殿試攛過卷子、又被邊報躭誤榜期、因此小姐呵、聞說他尊翁淮揚兵急、叫俺沿路上體訪安危、親齎一幅春容、敬報再生之喜、雖則如此、客路貧難、諸凡路費之資、盡出壙中之物、其間零碎寳玩、急切典賣不來、有些成器金銀、上氣銷鎔、有限、兼且小生看書之眼、並不認的等子星兒、一路上賺騙無多、逐日裏支分有盡、到的揚州地面、恰好岳丈大人移鎮淮城、賊兵阻路、不敢前進、且喜因循解散、不免進遲數程、

【錦纏道】早則要醉揚州、尋杜牧、夢三生花月樓。怎知他車馬駐淮流、那裏有纏十萬、順天風跨鶴閒遊。則索傍漁樵尋食宿、敗荷衰柳添一抹五湖秋、那秋意兒有許多邅迴、咱功名事未酬、

置之詩餘
不可復辨

冷落我斷腸閨秀。甚回首算江南江北有十分愁。一路行來且喜看見了排天高的淮城城下一帶清長淮水那城樓之上還掛有丈六闊的軍門旗號大吹大擂想是川晚掩門了且尋小店歇宿（丑上）多餐白水江湖酒少賺黃邊風月錢秀才投宿麼（生）進店科（丑）要米酒案酒（生）天性不飲（丑）柴米是要的（生）喫飽算（丑）算倒哭（生）花銀五分在此（丑）高銀散碎些待我稱（稱銀作驚叫科）銀子走了（尋科）（生）怎大驚小怪（丑）秀才

[illegible]

銀子地縫裏走了、你看碎珠兒、生這等還有幾塊在這裏、丑接銀又作走三度科呀原來秀才會使水銀、生因何是水銀、背科是了、是小姐殯斂之時、水銀在口、龍含土成珠而上天、鬼含汞成丹而出世、埋之然也、此乃見風而化、原初小姐死、水銀也死、如今小姐活、水銀也活了、則可惜這神奇之物、世人不知、回科也罷了、店主人你將我花銀都消散去了、如今一釐也無、這本書是我平日看的、准酒一壺、丑書破了、生貼你

一枝筆、㊀筆開花了、㊁此中使客往來、你可也

聽見讀書破萬卷、㊀不聽見、㊁可聽見夢筆吐

千花、㊀不聽見、㊁作笑科

早羅袍可笑一塲閑話、破詩書萬卷、筆蕊千花、

是我差了、他原不是換酒的東西、㊀笑科神仙

當玉珮、卿相解金貂、㊁你說金貂玉珮那裏來

的、有朝貨與帝王家、金貂玉珮書無價、你還不

知哩、便是千金小姐依然嫁、他一朝臣宰端然

拜他、㊀要他則甚、㊁讀書人把筆安天下、不要

書、不要筆、這把雨傘可好、丑天下雨哩、生明日
不走了、丑餓死在這裏、生笑科你認的淮揚杜
安撫麼、丑誰不認的、明月喫太平宴哩、生則我
便是他女婿、來探望他、丑驚科喜是相公說的
早、杜老爺多早發下請書、請書了、生請書那裏、丑和
相公瞧去、丑請生行科待小人背褡褳雨傘、行
科生請書那裏、丑兀的不是、生這是告示居民
的、丑便是、你瞧、
又禁爲閑遊奸詐、杜老爺是巴上生的、自三巴

到此、萬里爲家、不教子姪、到官衙、從無女壻親閒雜、這句單指你相公、若有假充行騙地方稟拿、下面說小的了、扶同歇宿、罪連主家、爲此須至關防者、右示通知、建炎三十二年五月初五日示、你看後面安撫司使杜爺花押、上面葢着一顆欽差安撫淮揚等處地方提督軍務安撫司使之印、鮮明紫粉、相公相公、你在此消停、小人告回了、各人自掃門前雪、休管他家屋上霜

（下）（生淚科）我的妻、你怎知丈夫到此悽惶無地

也、（作望科）呀前面房子門上有大金字、咱投宿去、（看科）四箇字、漂母之祠、怎生叫做漂母之祠、（看科）原來壁上有題、昔賢懷一飯、此事已千秋、是了。乃前朝淮陰侯韓信之恩人也、我想起來那韓信是、個假齊王、尚然有人一飯、俺柳夢梅是個眞秀才、要盃冷酒不能勾、像這漂母俺拜他千拜、（拜科）

（鶯皁袍）垂釣楚天涯、瘦王孫遇漂紗、楚重瞳較比這秋波瞎、太史公表記淮安府祭他、甫能勾一飯千金價、看古來婦女多有俏眼見、文公乞食、僖妻點茶、昭關走餞、江娥跳沙、鳳尖頭叩首三千下、起更了、廊下一宿、早去伺候開門、汲水梳洗、（看科）好了、下雨哩、

集唐　舊事無人可共論　只應漂母識王孫

轅門拜手儒衣斂　莫使沾濡有淚痕

第五十折　鬧宴

【梁州令】（外引丑衆上）長淮千騎、鴈行秋、浪捲雲浮思鄉淚、國倚層樓、（合）看機遘逢、奏凱且遲留、（貼君

[怒]萬里封矦岐路、幾輛英雄艸屨、秋城鼓角催、老將來、　烽火平安昨夜、夢醒家山泣下、兵戈未許歸、意徘徊、我杜寶身爲安撫、時値兵衝圍絕救援、貽書解散、李瓮既去、金兵不來、中間善後事宜、且自看詳停當、分付中軍門外伺候、[衆][下][丑把門科][外嘆科]雖有存城之權、實切亾妻之痛、[泪科]我的夫人呵、昨已單本題請他的身後恩典、未知旨意何如、正是功名富貴艸頭露、骨肉團圓錦上花、[看文書科]

緘曰帽兒光整頓從頭還則怕未分明門楣認否此曲中本色語也

【金蕉葉】（生破衣巾携春容上）窮愁客思、正搖落雁飛時候

（整容科）帽兒光整頓從頭、還則怕未分明的門楣認否、（丑叫科）甚麽人行走、（生）是杜老爺女壻拜見、（丑）當真、（生）秀才無假、（丑進稟科）（外）關防明白了、那人材怎的、（丑）也不怎的、袖着一幅画兒、（外笑科）是個画師、則説老爺軍務不閑便了、（丑）（見生科）老爺軍務不閑、請自在、（生）自在不成人了、（丑）等你去成人不自在、（生）老爺可拜客、（丑）今日文武官僚燕太平宴、牌簿都繳了、（生）大哥怎

廢叫做太平宴、(丑)這是各邊方年例則今年退了賊、筵宴盛些、席上有金花樹、金臺盤、長尺頭、大元寶、無數的、你是老爺女婿、背幾箇去、(生)原來如此、則怕進見之時、考一首太平宴詩、或是軍中凱歌、或是淮清頌、急切怎好、且在這班房裏蹬着、打想一篇、正是有備無患、(丑)秀才還不走、文武官員來也、(生下)(末扮文官上)

【梁州令】長淮望斷塞垣秋、喜兵甲潛收、賀昇平歌頌許吾流、(淨扮武官上)兼文武陪將相宴公侯請了〔末〕今月我文武官屬太平宴水陸務須華盛歌舞都要整齊〔末淨見科〕聖天子萬靈擁輔老君侯八面威風寇兵銷咫尺之書軍禮設太平之宴謹已完備伏望輔容〔外〕重功雖早末難當年例有諸公怎廢難言奏凱聊用舒懷〔内鼓吹科〕〔丑持酒上〕黃石兵書三寸舌清河雪酒五加皮酒到〔外澆酒科〕

〔滎州新郎〕天開江左地沖淮右氣色夜連刁斗〔末淨進酒科〕長城一線何來得御君侯喜平銷

戰氣、不動征旗、片紙書回寇、那堪羌笛裏、望神
州、這是萬里籌邊第一樓、〔合〕乘塞艸秋風候、太
平筵上如淮酒、盡慷慨為君壽、
〔又〕〔外〕吾皇福厚、群才策湊、半壁圍城堅守、〔末淨〕分
明軍令、杯前借箸題籌、〔外〕我題書與李全夫婦
呵、也是燕支却虜、夜月吹篪、一字連環透、不然
無救也怎生休、不是天心不聚頭、〔合前〕〔內擂鼓
科〕〔老旦扮報子上〕金貂并入三公府、錦帳誰當
萬里城、報老爺奏本已下、奉有聖旨、不准致仕、

臧曰外曲
亦有致

欽取老爺還朝、同平章軍國大事、老夫人追贈一品貞烈夫人、〔末淨〕平章乃宰相之職、君侯出將入相、官屬不勝欣仰、〔末淨送酒科〕

〔又〕攬貂蟬歲月淹留、慶龍虎風雲輻輳、君侯此一去、呵、看洗兵河漢接天高、手偏好桂花時節、隨馬天香簫鼓鳴清晝、到長安宮闕裏報高秋、可也河上砧聲憶舊遊、〔合前〕〔外〕諸公高才壯歲、自致封侯、如杜寶者、白首還朝、何足道哉、

〔又〕每日價看鏡登樓、泪沾衣渾不如舊、似江山

緘曰想完太平宴詩與前白照應

如此光陰難又猛把吳鉤看了闌干拍遍落日重回首此去呵恨南歸艸艸也寄東流（舉手科）你可也明月誰同嘯庾樓（合前）（生上）腹稿巴吟就名單還未通（見丑科）大哥替我再一稟（丑）老爺正喫太平宴（生）我太平宴詩也想完一首了太平宴還未完（丑）誰叫你想來（生）俺是嫡親女壻沒奈何稟一稟（丑進稟科）稟老爺那個嫡親女壻沒奈何稟見（外）好打（丑惱走推生出科）（生）老丈人高宴未終咱半子禮當恭候（下）（旦貼扮

女樂上壯士軍前半死生、美人帳下能歌舞、營妓們叩頭、

節節高轅門簫鼓啾、陣雲收、君恩可借淮揚寇貂插首、玉垂腰、金佩肘、馬敲金鐙也秋風驟、展沙堤笑拂朝天袖、合但捲取山河獻君王、看玉京迎駕、把笙歌奏、生上欲窮千里目、更上一層樓、想歌闌宴罷、小生饑困了、不免沖席而進、丑攔科饑鬼不羞、生惱科你是老爺跟馬賤人、敢辱我乘龍貴婿、打不的你、生打丑科外鬧科軍

臧曰此生委係乘龍屬官礼當攀鳳此一轉最得做法

門外誰敢喧嚷〔丑〕是早上嫡親女壻叫做沒奈何的破衣破帽破褡褳破雨傘手裏拿一幅破画兒說他饑的荒了要來衙廝但勸的都打連打了九個半則剩下小的這半個臉兒〔外惱科〕可惡本院自有禁約何處寒酸敢來胡賴〔末淨〕此生委係乘龍屬官禮當攀鳳〔外〕一發中他計了叫中軍官暫時拿下那光棍遂州換驛遞解到臨安監候〔老旦扮中軍官應科〕〔出縛生科〕〔生〕寃哉我的妻呵因貪弄玉爲秦贅且戴儒冠學

臧曰夫人又諧許也入曲亦作

楚臥(下)(外)諸公不知、老夫因國難分張、心痛如割、又放着這個無名子來廝噪人、愈生傷感、(末)(淨)老夫人受有國恩、名標烈史、蘭玉自有不必慮懷、叫樂人進酒、

(又)江南好宦遊、急難休、尊前且進平安酒、看福壽有子女悠、夫人又(外)竟醉矣、(旦)貼作扶(科)(外)泪(科)閃英雄淚倩盈盈袖、傷心不爲悲秋瘦(合)前(外)諸公請了、老夫歸朝念切、即便起行(内)鼓樂(科)

（尾聲）明日離亭一杯酒、（末淨）則無奈丹青聖主求、（外笑科）怕画上麒麟人白首、、、、、、、

集唐

萬里沙西寇已平　東歸銜命見雙旌

塞鴻過盡殘陽裏　淮水長憐似鏡清

第五十一折　榜下

（旦丑扮將軍持瓜鎚上）鳳舞龍飛作帝京、巍峩宮殿羽林兵、天門欲放傳臚喜、江路新傳奏凱聲、請了、聖駕陞殿、（外扮老樞密上）

（北點絳唇）整點朝綱、籌量邊餉、山河壯、（淨扮苗

臧曰苗翰林見陳秀才驚云又是遺才告考王樞密云陳秀才夾帶一篇

舜賓上　翰苑文章顯豁的昇平象、請了、恭喜李全納款、皆老樞密調度之功也、外正此引奏、前日先生看定狀元試卷、蒙聖主武偃文修、今其時矣、淨正此題請、呀一個老秀才走將來、好怪好怪、末破衣巾捧表上　先師孔夫子、未得見周王本朝聖天子、得覲我陳最良、非小可也、見外淨扭生員陳最良告揖、淨驚扭　又是遺才告考麼、末不敢、生員是這樞密老大人門下引奏的、外則這生員是杜安撫叫他招安了李全、便申

海賊文字
到中的快
此皆近來
縉紳中趣
話

帶有降表故此引見（內响鼓唱科）奏事官上御
道（外前跪引末後跪叩頭科）（外）掌管天下兵馬
知樞密院事臣謹奏恭賀吾主聖德天威淮寇
來降金兵不動有淮揚安撫臣杜寶敬遣南安
府學生員臣陳最良奏事帶有李全降表進呈
微臣不勝懽忭（內科）杜寶招安李全一事就着
生員陳最良詳奏（外）萬歲（起科）（末）帶表生員陳
最良謹奏

（駐雲飛）淮海維揚萬里江山氣脉長那安撫機

自當行

謀壯、矯詔從寬蕩、棻、李賊快迎降、他表文封上、金主聞知、不敢兵南向、他則好看花到洛陽、咱取次揄胡過汴梁、（内科）奏事的午門外候旨、（末）萬歲（起科）（淨跪科）前廷試看詳文字官臣苗舜賓謹奏、

（又）殿策賢良榜下諸生候久長、亂定人歡暢、文運天開放、棻、文字已看詳、臚傳須唱、莫遺䕫龍久滯風雲望、早是蟾宮桂有香、御酒封題菊半黃、（内科）午門外候旨、（淨）萬歲、（起行科）今當榜期、

這些寒儒却也候久、（外笑科）則這陳秀才夾帶一篇海賊文字到中的快、（内科）聖旨已到、跪聽宣讀、朕聞李全賊平、金兵迴避、其喜其喜、此乃杜寶大功也、杜寶已前有旨欽取回京、陳最良有奔走口舌之才、可充黃門奏事官、賜其冠帶、其殿試進士、於中柳夢梅、可以狀元、金瓜儀從、杏花赴宴、謝恩、（衆呼萬歲起科）（雜取冠帶上）黃門舊是鴻門客、藍袍新作紫袍仙、（末作換冠服科）二位老先生告揖、（外淨賀科）恭喜恭喜、明日、便借重新黃門唱榜了（末）適聞宣旨狀元柳夢梅何處人（淨）嶺南人此生遭際的奇異（外）有甚奇異（淨）其日試卷看詳已定將次進呈恰好此生午門外放聲大哭告收遺才原來爲搬家小到京遲誤學生權收他在附卷進呈不想點中狀元（外）原來有此（末背想科）聽來敢便是那個那個柳夢梅他那有家小是了和老道姑做一家兒（回科）不瞞老先生這柳夢梅也和晚生有舊（外淨）一發可喜了

（淨）榜題金字謝朝暉（外）獨奏邊機出殿遲

（末）莫道官忙身老大（合）曾經佇立在丹墀

集唐

第五十二折　索元

吳小四（淨扮郭駝挐包上）天九萬路、三千月餘程、抵半年、破虱裝衣擔壓肩、壓的頭瘠匾又圓、扢喇察龜兒爬上天、謝天、老駝到了臨安京城地面、好不繁華、則不知柳秀才去向、俺且往天街上瞧去、呀一夥臭軍、踢禿禿走來、且自廻避、正是不因漁父引、怎得見波濤、（下）

【六么令】朝門榜遍、怎生狀元柳夢
（老旦丑扮軍校旗牌上）
梅不見、又不是黃巢下第題詩趣、排門鬧、刻期
宣、再因循敢淹答了瓊林宴、（老旦笑科）好笑好
笑、大宋國一場怪事、你道差不差、中了狀元干
鱉煞、你道奇不奇、中了狀元囉唣唏、你道與不
興、中了狀元胡廝踁、你道山不山、中了狀元一
道烟、天下大古怪、不像嶺南人、你瞧這駕牌上、
欽點狀元嶺南柳夢梅、年二十七歲、身中材、面
白色、這等明明道着、却普天下找不出這人、敢

家去哩、化哩、睡覺哩、則淹了瓊林宴席面兒、（丑）哥、人山人海、那裏淘氣去、俺們把一位戴了儒巾、喫宴去、正身出來、筭還他席面錢、（老）使不得、羽林衛老軍替得、瓊林宴進士替不得、他要杏苑題詩、（丑）哥看見幾個狀元題詩哩、依你說叫去、（行叫科）狀元柳夢梅那裏、（叫三次科）（老旦）長安東西十二門大街、都無人應、小衚衕叫去、（丑）這蘇木衚衕、有個海南會館、叫地方問他、（叫科）（內應）老長官貴幹、（老旦丑）天大事、你在睡夢、聽

分付、

〔香柳娘〕問新科狀元、問新科狀元、〔內〕何處人、〔衆〕廣南鄉貫、〔內〕是何名姓、〔衆〕柳夢梅面白無巴纏、〔內〕誰尋他、〔衆〕是當今駕傳、是當今駕傳、要得柳、如烟纔開杏花宴、〔內〕俺這一帶鋪子都沒有則尾市王大姐家歇着個番鬼、〔衆〕這等去去去、〔合〕柳夢梅也天、柳夢梅也天、好幾個盤旋、影兒不見、〔下〕

〔貼扮妓上〕〔集唐〕殘鶯何事不知秋、日日悲看水獨流、便從巴峽穿巫峽、錯把杭州作汴州、

詞中每每
從柳字生
情巧絶

奴家王大姐是也、開個門戶在此、天、一個孤老不見幾個長官撞的來、(老旦丑上)王大姐喜哩、柳狀元在你家、(貼)什麼柳狀元、(衆)沓兒哩、(貼)不知道、(衆)地方報哩、

(又)笑、花、牽、柳、眠、笑、花、牽、柳、眠、(貼)昨日有箇雛、不着褌去了、(衆)元來十分形現、敢柳、遮、花、映、做葫蘆纏、有狀元麼、(貼)則有個狀匾、(丑)房兒裏狀匾去、(進房搜科)(衆諢貼走下科)(衆)找、烟、花、狀、元、找、烟、花、狀、元、熱趕在誰邊、毛膫打教遍、去罷、(合前)

（下）（净拐杖上）

（又）到長安日邊、到長安日邊、果然風憲、九街三市排場遍、柳相公呵、他行蹤杳然、他行蹤杳然、有了悄家緣、風聲兒落誰店、少不的他大道上行走、（合）那柳夢梅也天、（老旦丑上）柳夢梅也天、好幾個盤旋影兒不見、（丑作撞跌净叫科）跌死人、跌死人、（丑作拿净科）俺們叫柳夢梅、你也叫柳夢梅、則拿你官裏去、（净叩頭科）是了、梅花觀的事發了、小的不知情、（衆笑科）定說你知情、是

趣

他什麽人、（淨）聽稟老兒呵、
（又）替他家種園、替他家種園、遠來探看、（衆作忪科）可尋着他哩、（淨）猛紅塵透不出東君面、（衆）你定然知他去向、（淨）長官可憐、則聽見他到南安、其餘不知、（衆）好笑好笑、他到這臨安應試、得中狀元了、（淨驚喜科）他中了狀元他中了狀元、踏的菜園、穿攀花、上林苑、長官他中了狀元怕沒處尋他（衆）便是哩（合前）（衆）也罷饒你這老兒協同尋他去臧曰：鸞鳳乘龍二句整諧也，自是臨川長技。妙絕巧絕，元人述二旨矣。

集唐　一第由來是出身　五更風水失龍鱗
紅塵望斷長安陌　只在他鄉何處人

第五十三折　硬拷

【風入松慢】【生上】無端雀角土牢中，是什麼孔雀屏風，一杯水飯東床用，艸床頭繡褥芙蓉。天呵，繫頭的是定婚店赤繩羈鳳，領解的是藍橋驛配遞乘龍。【集唐】夢到江南身旅羈，包羞忍恥是男兒。自家妻父猶如此，若問傍人那得知。俺柳夢梅因領杜小姐言命，去淮揚謁見杜安撫，他在衆官面前、怕俺寒儒薄相、故意不行識認、遞解臨安、想他將次下馬、提審之時、見了春容、不容不認、只是眼下恓惶也、（淨扮獄官丑扮獄卒持棍上）試喚皐陶鬼、方知獄吏尊、咄、淮安府解來囚徒那裏、（生見舉手科）（淨）見面錢、（生）少有（丑）入監油、（生）也無、（淨作惱科）哎呀、一件也沒有、大膽來舉手、（打科）（生）不要打、儘行裝檢去便了、（丑檢科）這個酸鬼、一條破被單裏軸小画兒、（看画科）是軸觀音、送奶奶供養去、（生）都與你去、只畱下画軸兒【丑作搶画科】【生扯科】【末扮公差上】【僵煞】乘龍壻寃遭下馬威獄官那裏【丑揖科】原來平章府祗候哥【末票示科】平章府提取遞解犯人一名及隨身行李赴審【丑】人犯在此行李一些也無【生】都是這獄官搬去了【末】搬了幾件拿狗官平章府去【丑淨慌叩頭科】則這画軸被單兒【末】這狗官還了秀才快起解去【淨丑應科】【押生行科】老相公你便行動些兒略知孔子三分禮不犯蕭何六尺條【下】【外引衆上】

唐多令　玉帶蟒袍紅、新參近九重、耿秋光長劒、
倚崆峒、歸到把平章印總、渾不是黑頭公、集唐
秋來力盡破重圍、入掌銀臺護紫微、回頭却嘆
浮生事、長向東風有是非、自家杜平章、因淮揚
平寇、叨蒙聖恩、超遷相位、前日有個棍徒、假充
門壻、已着遞解臨安府監候、今日不免取來細
審一番、淨丑押生上　雜扮門官唱門科　臨安府
解犯人進、見科　生　岳丈大人拜揖、外坐笑科　生
人將禮樂爲先、衆呼喝科　生嘆科

臧曰原來丞相府十分尊重元人作曲專以此等爲當行不在藻麗

新水令 則這怯書生劍氣吐長虹、原來丞相府十分尊重、聲息兒忒洶湧、咱禮數缺通融、曲曲躬躬、他那裏半擡身全不動、外 寒酸你是那色人數、犯了法、在相府階前不跪、生 生員嶺南柳夢梅、乃老大人女壻、外 我女巳亡故三年、不說到納采下茶、便是指腹裁襟、一些沒有、何曾得有個女壻來、可笑可恨、祗候們與我拿下、生 誰敢拿、

步步嬌 外 我有女無郎、早把他青年送劃口兒

輕調哄、便做是我遠房門壻呵、你嶺南吾蜀中、牛馬風遥、甚處裏絲蘿共、敢一棍兒走秋風、指說闞親、騙的軍民動、(生)你這樣女壻賦書雪案、立榜雲霄、自家行止、用不盡要秋風老大人、(外)還強嘴、搜他裏袱裏、定有假雕書印、併賍拿賊、(丑)開袱(科)破布单一條、画觀音一幅、(外)看画驚(科)呀、見賍了、這是我女孩兒春容、你可到南安認的石道姑麼、(生)認的、(外)認的個陳教授麼、(生)認的、(外)天眼恢恢、原來刼墳賊便是你、左右采臧曰：使臨川爲曲多似此者，則余當拜下風矣，敢妄加筆削耶？

下打、（生）誰敢打（外）這賊快招來、（生）誰是賊、老大人拿賊見贓、不曾捉奸見床、

【折桂令】你道證明師一軸春容、（外）春容分明是徇葬的、（生）可知道是蒼苔石縫、迸坼了雲蹤、（外）快招來、（生）我一謎的承供、供的是開棺見喜、攩煞逢凶、（外）壙中還有玉魚金碗、（生）有金碗呵兩口兒同匙受用、玉魚呵和我九泉下比目和同。（外）還有哩（生）玉碾的玲瓏金鎖的玎玲、（外）都是那道姑（生）則那石姑姑他識趣拿奸縱卻不似

你杜爺爺是拿賊威風（外）他明明招了叫令史取過一張堅厚官綿紙寫下親供犯人一名柳夢梅開棺刧財者斬寫完發與那死囚於斬字下押個花字會成一宗文卷放在那裏（貼）扮吏取供紙上稟爺定個斬字（外）寫科（貼）叫生押花字生不伏科（外）你看這吃敲才

【江兒水】眼腦兒天生賊心機使忒兇還不畫紙（生）誰慣來（外）你紙筆硯墨則好招詳用（生）生員又不是犯奸盜（外）你奸盜詐僞機謀中（生）因令

臧曰後苑池中月冷斷魂波動若元美見此何必称鄭若庸梨花月痕冷也

曲甚不雅不似對丈人語也

愛之故、(外)你精奇古怪虛頭弄、(生)令愛現在、(外)現在麼、把他玉骨抛殘心痛、後苑池中月冷斷魂波動(生)誰見來、(外)陳教授來報知、(生)生員為小姐費心、除了天知地知、陳最良那得知、

【雁兒落帶得勝令】我為他禮春容叫的凶、我為他展幽期躭怕恐、我為他點神香開墓封、我為他噇靈丹活心孔、我為他偎熨的體酥融、我為他洗發的神清瑩、我為他度情腸款款通、我為他啟玉股輕輕送、我為他軟溫香把陽氣攻、我

爲他搶性命把陰程迸神通醫的他女孩兒能活動通也麼通到如今風月兩無功（外）這賊都謊的是什麼話着鬼了左右取桃條打他長流水噴他（丑取桃條上）要的門無鬼先敎園有桃桃條在此（外）高弔起打（衆弔生起作打科）（生叫）痛轉動衆諢打鬼噴水科（淨扮郭駝拐杖同老旦貼扮軍校持金瓜上）天上人閒忙不忙開科失却狀元郎一向找尋柳夢梅今日再尋不見打老駝（淨）難道要老駝　買酒你喫叫去是（叫

科〕狀元柳夢梅那裏、〔外聽科〕〔衆叫下〕〔外問丑〕〔丑
不見了新科狀元、聖旨着沿街尋叫、〔生〕大哥問
榜嗄、狀元誰、〔外惱科〕這賊閒管、掌嘴掌嘴、〔丑掌
生嘴科〕〔生叫冤屈科〕〔老旦貼淨依前叫上〕但聞
丞相府、不見狀元郎、喫平章府打諠鬧哩、〔淨聽
科〕裏面聲息、像有俺家相公哩、〔衆進科〕〔淨向前
笑科〕节起的不是相公也、〔生〕列位救俺、〔淨〕誰打
相公來、〔生〕是這平章、〔淨將拐杖打外科〕拚老命
打這平章、〔外惱科〕誰敢無禮、〔老旦貼〕篤上的來、

尋狀元柳夢梅（生）大哥柳夢梅便是小生（淨）向前解生外扯淨跌科（生）你是老駝因何至此（淨）俺一逕裏來尋相公喜的中了狀元（生）眞個的快向錢唐門外報杜小姐喜（老旦貼）找着了狀元俺們也報知黄門官奏去未去朝天子先來激相公（下）（外）一路的光棍去了正好拷問這廝左右再與俺弔將起來（生）待俺分訴些難道狀元是假的（生）凡爲狀元者登科錄爲證你有何公據則是弔了打便了（生叫苦科）（淨扮苗舜賓

引老旦貼扮堂候官捧冠袍帶（上）踏破草鞋無覓處、得來全不費工夫、老相公住手、有登科記在此、

（僥僥令）則是他御筆親標第一紅、柳夢梅爲梁棟、（外）敢不是他、（淨）是晚生本房取中的、（生）是苗老師哩、救門生一救、（淨笑科）你高、弔、起、文、章、鉅、公、打、桃、枝、受、用、告過老相公、軍、校、快、請、狀、元、下、弔、（貼放生叫疼殺科）（淨）可憐可憐、是、斯、文、倒、喫、盡、斯、文、痛、無、情、棒、打、多、情、種、（生）他是俺丈人（淨）

原來是倚太山壓卵欺鸞鳳〔老旦〕狀元懸梁刺股〔淨〕罷了一領宮袍遮蓋去〔外〕什麼宮袍扯了〔外扯住冠服科〕

收江南〔生〕呀你敢抗皇宣罵敕封早裂綻我御袍紅似人家女婿呵拜門也似乘龍偏我帽光光走空你桃夭夭煞風〔老旦替生冠帶插花科〕〔生〕老平章好看我插宮花帽壓君恩重〔外〕柳夢梅怕不是他果是他便童生應試也要候案怎生殿試了不候榜開淮揚胡撞〔生〕老平章是不

知爲因李全兵亂、放榜稽遲、令愛聞的老平章
有兵寇之事、着我一來上門、二來報他再生之
喜、二來扶助你爲官、好意成惡意、今日可是你
女婿了、（外）誰認你女婿、
園林好（淨衆）嗔怪你會平章的老相公、不刮目皴
窰中呂蒙正忒做作前輩們性重（笑科）敢折倒
你丈人峰、敢折倒你丈人峰、（外）悔不將劫墳賊
監候奏請爲是、
沽美酒帶太平令（生笑科）你這孔夫子把公冶長

高華流麗不讓元人

陷縲絏中我枷盜跖打地洞向鴛鴦塚有日呵把燮理陰陽問相公要無語對春風則待列笙歌画堂中搶絲鞭御街攔縱把窮枷毅賠笑在龍宮你老夫差失敬了韓重我呵人雄氣雄老平章深躬淺躬請狀元升東轉東呀那時節纔提破了牡丹亭杜鵑殘夢老平章請了你女婿赴宴去也

〔北尾〕你險把司天臺失陷了文星空把一個有對付的玉潔冰清烈火烘咱想有今日呵越顯

的俺玩花柳的女郎能則要你那打桃條的相
公懂〔下〕〔外弔場〕異哉異哉還是賊還是鬼堂候
官去請那新黃門陳老爹到來商議〔丑〕知道了
謁者有如鬼狀元還似人〔下〕〔末扮陳黃門上〕官
運精神老不眠早朝三下聽鳴鞭多沾聖主隨
朝米不受村童學俸錢自家陳最良因奏捷聖
恩可憐欽授黃門此皆杜老相公擡舉之恩敬
此趨謝〔丑上見科〕正來相請少待通報〔進報見
科〕〔外笑科〕可喜可喜昔爲陳白屋今作老黃門

臧曰外末相見詩作

（末）新恩無報効舊恨有還魂適聞老先生三喜臨門、一喜官居宰輔、二喜小姐活在人間三喜女壻中了狀元、（外）陳先生教的好學生、成精作怪哩、（末）老相公、胡盧提認了罷、（外）先生差矣此乃妖孽之事、爲大臣的必須奏聞滅除爲是、（末）果有此意、容晚生登時奏上取旨何如、（外）正合吾意、

（外）夜度滄洲怪亦聽（末）可聞妖氣暗文星

集唐（外）誰人斷得人間事（末）神鏡高懸照百靈

第五十四折　聞喜

【遶地遊】（貼上）露寒清怯金井吹梧葉轉不動轆轤情切咳俺小姐爲夢見書生感病而亡已經三年老爺與老夫人時時痛他孤魂無靠誰知小姐到活活的跟着個窮秀才寄居錢唐江上子母重逢眞乃天上人間怪怪奇奇何事不有今日小姐分付安排繡床溫習鍼黹小姐早到也

（旦上）【遶紅樓】秋過了平分日易斜恨辭梁燕語周遮

絶好閨詞是中唐人風味

是元人語

人去空江，身依客舍，無計七香車。秋風吹冷破牕紗，夫壻揚州不到家。玉指淚彈江北艸，金鍼閒刺嶺南花。春香，俺同柳郎至此，即赴試闈。虎榜未開，揚州兵亂。俺星夜費發柳郎打聽爹娘消息，且喜老萱堂不意而逢，則老相公未知下落。想柳郎刻下可到，料今番榜上高題，須先剪下羅衣，襯其光彩。（貼）繡床停當，請自尊裁。（旦裁衣科）裁下了，便待縫將起來。（縫科）（貼）小姐，俺淡口兒閑嗑，你和柳郎夢裏、陰司裏，兩下光景何

如、

羅江怨　旦　春圍夢一些〻、到陰司裡有轉折、夢中逗的影見別、陰司較追的情見切、貼　還魂時像怎的、旦　似、夢、重、醒、猛、回、頭、放、教、跌、貼　陰司可也有耍子處、旦　一、般、見、輪、迴、路、駕、香、車、愛、河、邊、題、紅、葉、便則到鬼、門、關、逐、夜、的、望、秋、月、

又貼　你風姿恁惹邪、情腸害劣、小姐你香魂逗出了夢見蝶、把親娘腸斷了影中蛇、不道燕冢、荒、斜、再、立、起、鴛、鴦、舍、則問你會書齋燈怎遮送情

杯酒怎賒取喜時也要那破頭稍一泡血（旦）蠢丫頭、幽歡之時彼此如夢、問他則甚、呀奶奶來的恁忙也、（老旦慌上）

【玩仙燈】人語鬧吱嘸、聽風聲似是女孩兒鬧節、見聽見外廂喧嚷、新科狀元是嶺南柳夢梅、（旦）有這等事、

（又淨忙走上）旗影兒走龍蛇甚宣差教來近者、（見科）奶奶、小姐、鴬上人來、俺看門去也、（外丑扮軍校持黃旗上）

奇思

入賺深巷門斜、抓不出狀元門第也、這是了、敲門科〔老旦〕聲息兒恁怔忡、把門兒偷瞥、〔啓門校〕衝開科〔老〕那衙門來的、〔校〕星飛不迭你看這旗、看這旗影兒頭勢、別是黃門官把聖旨教傳洩、〔老旦吽〕兒、原來是傳聖旨的〔旦上〕斗膽相詢、金榜何時揭、可有柳夢梅名字高頭列、〔校〕他中了狀元、〔旦〕真箇中了狀元、〔校〕則他中狀元急節裡遭磨滅、〔旦驚科〕是怎生、〔校〕徃淮揚觸犯了杜參爺扭回京把他做劫墳塋的賊決、〔老旦〕俺兒謝天謝地、老爺平安回京了、他那知世間有此重生之事、[旦]這却怎了、[校]正高弔起猛桃條細抽掣、被官裏人搶去遊街歇、[旦]恰好哩、[校]平章他勢大、劾本了、說刼墳之賊、不可以作狀元、[旦]狀元可也辯一本兒、[校]狀元也有本、那平章奏他惡茶白賴把陰人竊、那狀元呵他說頭帶魁罡不受邪、便是萬歲爺聽了成痴呆、[旦]後來、[校]僥倖有個陳黃門是平章爺故人、奏准要平章狀元和小姐三人駕前勘對、方取聖裁、[老]呀陳黃門是誰、[校]是陳最艮他詵南安教授曾官舍、因此杜平章擡舉他掌朝班、通御謁、[老]一發詫異哩、[校]便是他着俺們來宣旨、分付你家一更梳洗、二鼓吃飯、三鼓穿衣、四鼓走動、到的五更三點徹響玎璫翠佩那是朝時節、[旦]獨自箇怕人、[校]怕則麽、小平章宰、相你、親爹狀元妻妾、俺去了、[旦]再說些去、[校]明朝金闕、討你幅撞門、紅去了、也、[下][旦]娘爹爹高陞柳郎高中、小旗兒報捷、又是平章帖、把神天叩謝、神天叩謝、[拜][科]

【滴溜子】當日的當日的、梅根柳葉、無明路、無明
路、曾把遊魂再疊、果應夢花園後揖、甫能勾迸
到頭搶了捷、鬼、趣、裏、因、緣、人、間、判、貼、
召。攝。
【么】【老】雖則是、雖則是、希奇事業、可甚的、可甚的、鶯
勞鶯帖、他、道、你、是、花、妖、害、怯、看、承、的、柳、抱、懷、做、
花、下、劫你那爹爹呵、則。沒。得。箇。符。兒。再。把。花。神。
【尾聲】女兒、緊簪束揚塵舞蹈擺花纇、【旦】叫俺奏
箇甚麼來、【老】有了你活人硬證無虛脅、【旦】少不

的萬歲君王聽臣妾、（淨扮郭駝上）要問黿鼉窟

還過烏鵲橋、兩日再尋個錢唐江不着、正好撞

着老軍說知夫人下處、抖擻了進去、（見科）（老旦）

是誰、（淨）狀元家裏老駝、恭喜了、（旦）辛苦可見了

狀元、（淨）俺往平章府搶下了狀元、要夫人見朝

也、

集唐

往事閑徵夢欲分　今晨忽見下天門

分明爲報精靈輩　淡掃蛾眉朝至尊

第五十五折　圓駕

淨丑扮將軍持金瓜上 日月光天德，山河壯帝居，今日萬歲爺陞朝，俺們須索在此直殿。

北點絳唇 末上 寶殿雲開，御爐烟靄乾坤泰。回身拜介 日影金堦，早唱道黃門拜。集唐 鸞鳳旌旗拂曉陳，傳聞闕下降絲綸。與王會淨妖氛氣，不問蒼生問鬼神。自家大宋朝新除授一箇老黃門陳最良是也。學生原是南安府飽學秀才，因柳夢梅發了杜小姐之墓，徑往揚州報知平章，念舊，着俺說平李寇，告捷効勞，聖恩欽賜黃門。

奏事之職、不想平章回朝、恰遇柳生投見、當時拿下遞解臨安府監候、却說柳生先已擸過卷子、中了狀元、找尋之間、恰好狀元予在杜府拷問、當被駕前官校人等、沖破府門、搶了狀元、上馬而去、到也罷了、又聽的說俺那女學生杜小姐也返魂在京、平章聽說女兒成了箇色精、一發惱激、央俺題奏一本、爲誅除妖賊事、中間劾奏柳夢梅係劫墳之賊、其妖魂托名亾女、不可不誅、杜老先生此奏、却是名正言順、隨後柳生也

臧曰傳奇至底故其間情意已竭盡無餘

奏一本爲辨明心迹事、都奉有聖旨朕覽所奏幽隱奇特、必須返魂之女、面駕數陳、取旨定奪、老夫又恐怕眞是杜小姐還魂、私着官校傳旨與他五更朝見、正是三生石上看來去、萬歲臺前辨假眞、道猶未了、平章狀元早到、

（又）（外生幞頭袍笏同上）（外）有恨妝排、無明貌帶眞奇怪、（生）啞謎難猜、令上親裁劃、岳丈大人拜揖、（外）誰是你岳丈、（生）平章老先生拜揖、（外）誰和你平章、（生）（笑科）古詩梅、雪、爭、春、未、肯、降、騷、人、閣、筆、費、平章、

矣獨此折夫妻父子俱不識認又做一齣公案當是千古絕調

今日夢梅爭辯之時少不的要老平章閣筆（外）你罪人咬文哩（生）小生何罪老平章是罪人（外）俺有平李全大功當得何罪（生）朝廷不知你那裏平的箇李全則平的李半（外）怎生則平的個李半（生笑科）你則哄的個楊媽媽退兵怎的哄得全（外惱扯生科）誰說和你官裏講去（末作慌出見科）午門之外誰敢諠譁（見科）原來是杜老先生這是新狀元放手放手（外放生科）（末）狀元何事激惱了老平章（外）他罵俺罪人俺得何罪

（生）你說無罪、便是處分令愛一事、也有三大罪、（外）那三罪、（生）太守縱女遊春一罪、（外）是了、（生）女死不奔喪、私建庵觀二罪、（外）罷了、（生）嫌貧逐壻刁打欽賜狀元、可不三大罪、（末笑科）狀元、以前也罪過些、看下官面分和了罷、（生）黃門大人與學生有何面分、（末笑科）狀元不知、尊夫人請俺上學來、（生）敢是鬼請先生、（末）狀元忒舊了、（生作認科）老黃門可是南安陳齋長、（末）惶恐惶恐、（生）呀、先生俺於你分上不薄、如何妄報俺爲賊做

臧曰奏事不實語佳

門館報事不眞則怕做了黃門也奏事不以實

（末笑科）今日奏事實了遠望二夫人將到二公先行叩頭禮（內唱禮科）奏事官齊班（外生同進叩頭科）（外）臣杜寶見（生）臣柳夢梅見（末）平身（外生立左右科）（旦上）麗娘本是泉下女重瞻天日向丹墀

【北醉花陰】平鋪着金殿琉璃翠鴛甃響鳴梢半天兒刮刺（淨丑喝科）甚的婦人衝上御道拿下

（旦驚科）似這般猙獰漢叫喳喳在閻浮殿見了

臧曰在閩淨扮見了些青面獠牙也不似今番怕如此等語何必讓元人

此些青面獠牙也不似今番怕（末）前面來的是女學生杜小姐麼、（旦）來的黃門官、像陳教授、叫他一聲、陳師父、陳師父、（末應科）是也、（旦）陳師父喜呷、（末）學生你做鬼怕不驚駕、（旦）禁聲、再休提、探、花、鬼、喬、作、衙、則、說、狀、元、妻、來、面、駕、（淨丑下）（內）奏事人揚塵舞蹈、（旦作舞蹈科）萬歲、萬歲、萬歲、萬萬歲、（內）平身、（旦起科）（內）聽旨、杜麗娘是眞是假、就着伊父杜寶狀元柳夢梅出班識認、（生覷旦作悲科）俺的麗娘妻也、（外覷旦作惱科）鬼也些、眞個

臧曰照鏡看影有做

一模二樣、大膽大膽、（作回身跪奏科）臣杜寶謹奏、臣亾女已三年、此女酷似、此必花妖狐媚假托而成、俺王聽啟、

【南画眉序】臣女沒年多、道理陰陽豈重活、願俺王向金堦一打立見妖魔、（生作泣科）好狠心的父親、（跪奏科）他做五雷般嚴父的規模、則待要一下裏把聲名煞抹、（起科）（合）便閻羅包老難彈破、除取旨前來撒和、（內）聽旨、朕聞人行有影鬼形怕鏡、定時臺上、有秦朝照膽鏡、黃門官可同

杜麗娘照鏡看花陰之下、有無踪影回奏〔末應〕〔同旦看鏡科〕女學生、是人是鬼

〔北喜遷鶯〕〔旦〕人和鬼教怎生酬答、形和影、現托着面菱花、〔末〕鏡無改面、委係人身、再向花街取影而奏、〔行看影科〕〔旦〕波查花陰這答、一般兒蓮步廻鸞、印淺沙、〔末奏科〕杜麗娘有踪有影、的係人身、〔內〕聽旨、麗娘既係人身、可將前亡後化事情奏上、〔旦〕萬歲臣妾二八年華、自画春容一幅曾於柳外梅邊、夢見這生、妾因感病而亡、葬於

後園梅樹之下、後來果有這生、姓名柳夢梅拾
取春容、朝夕掛念、臣妾因此出現成親、(悲科)哎
喲、悽惶煞、這底是前亾後化、抵多少陰錯陽差、
(內)聽旨、柳狀元質證麗娘所言真假、因何預名
夢梅、(生打躬呼萬歲科)
南畫眉序、臣南海之絲蘿、夢向嬌姿折梅蕚、果
登程取試、養病南柯、因借居南安府紅梅院中、
遊其後苑、拾得麗娘春容、因而感此真魂、成其
人道、(外)此人欺誑陛下、兼且點汚臣之女也、論

臣女呵、便死葬向水口廉貞、肯和生人做山頭撮合、〔合前〕(內)聽旨、朕聞有云、不待父母之命、媒妁之言、則國人父母皆賤之、杜麗娘自媒自婚、有何主見、(旦泣科)萬歲、臣妾受了柳夢梅再活之恩、

〔北出隊子〕真乃是無媒而嫁、(外)誰可親、(旦)保親的是、母喪門、(外)送親的、(旦)送親的、是、母夜叉、(外)這等胡爲、(生)這是陰陽配合正理、(外)正理、正理、花你那蠻兒一點紅嘴哩、(生)老平章你罵俺嶺

南人喫檳榔、其實柳夢梅唇紅齒白、（旦）禁聲眼前活立着個女孩兒、親爹不認、到做鬼三年有個柳夢梅認親、則你這辣生生回陽附子較爭些、爲甚的舉呆呆下氣的檳榔俊煞他、爹你不認可、有娘在、（搭鬼門科）現放着實丕丕貝母開談親阿媽、（老旦上）多早晚女孩兒還在面駕、老身揣入正陽門叫冤去也、（進見跪伏科）萬歲爺、杜平章妻一品夫人甄氏見駕、（外末驚科）那裏來的、眞個是俺夫人哩、（外跪科）臣杜寶啟、臣妻已死揚州亂賊之手、臣已奏請恩旨褒封、此必妖鬼捏作母子一路、白日欺天、（起科）（生）這個婆婆是不曾認的他、（內）聽旨、甄氏既死於賊手、何得臨安母子同居、（老旦）萬歲、（起科）

【南滴溜子】（老旦）揚州路、揚州路、遭兵刼奪、只得向、只得向、長安住托、不想到錢塘夜過、嘿撞着麗娘兒魂似脫、少不的子母肝腸、死同生活、（內）聽甄氏所奏、其女重生無疑、則他陰司三載、多有因果之事、假如前輩做君王臣宰不臻的、可有

腐得有趣

的發付他、從直奏來、(旦)這話不提罷了、提起都
有、(末)女學生、子不語怪、比如陽世府部州縣尚
然磨刷卷宗、他那裏有甚會案處、
北刮地風 (旦)呀、那陰司一椿椿文簿查、使不着
你猾律拿喳、是君王有半付迎魂駕、臣和宰玉
鎖金枷、(末)女學生、沒對證似這般謊、秦檜老太
師在陰司裏可受用 (旦)也知道些、說他的受用
呵、那秦太師他一進門、忒楞楞的黑心搥敢搗
了千下、淅另另的紫筋肝剁作三花、(衆)驚科、爲

甚刹作三花(旦)道他一花兒爲大朵、一花爲金翦、一花兒爲長舌妻、(末)這等長舌夫人有何受用、(旦)若說秦夫人的受用、一到了陰司擣去了鳳冠霞帔、赤體精光、跳出個牛頭夜叉只一對七八寸長指彄兒輕輕的把那撇道兒搽長舌揸、(末)爲甚(旦)聽的是東窗事發、(外)鬼話也、且問你鬼也邪、人間私奔自有條法陰司可有、(旦)有、的、是、柳、夢、梅、七、十、條、篸、篸、發、落、過、了、女兒陰司收贖、桃條打、罪名加、做尊官勾管了簾下、則道、是沒眞場風流罪過些有甚麼饒不過這嬌滴滴的女孩家（內）聽旨朕細聽杜麗娘所奏重生無疑就着黃門官押送午門外父子夫妻相認歸第成親（衆呼萬歲行科）（老旦）恭喜相公高轉了（哭）怎想夫人無恙（旦哭科）我的爹呵（外不理科）香天白日小鬼頭遠些遠些陳先生如今連柳夢梅俺也疑將起來則怕也是個鬼（末笑科）是踢斗鬼（老旦喜科）今日見了狀元女壻女兒再生于十分喜也狀元先認了你丈母罷（生揖

科]丈母光臨、做女壻的有失迎待、罪之重也、[旦]官人、恭喜賀喜、[生]誰報你來、[旦]到得陳師父傳旨來、[生]受了你老子的氣也、[末]狀元認了丈人翁罷、[生]則認的十地閻君爲岳丈、[末]狀元聽俺分勸一言、

【南滴滴金】你夫妻趕着了輪迴磨、便君王使的箇隨風柁、那平章怕不做賠錢貨、到不如娘共女翁和、壻明交、割[生]黃門、俺是箇賊犯、[末笑科]你得便宜人偏會撒科、則道你偷天把桂影那

好甚

不爭爹先偷了、地窟裏花枝朶（旦冀科）陳師父、你不教俺後花園遊去、怎看上這攀桂客來、（外）鬼也邪、怕沒有門當戶對、看上柳夢梅什麽來、

【北四門子】（旦笑科）是看上他帶烏紗象簡朝衣掛、笑笑笑笑的來眼媚花、爹娘人家白日裏高結綵樓、招不出箇官壻、你女兒睡夢裏、鬼窟裏、選着個狀元郎、還說門當戶對、則你個杜杜陵、慣、把、女、孩、兒、嚇、那、柳、柳、州、他、可、也、門、當、風、華、爹認了女孩兒罷、（外）離異了柳夢梅、回去認你、（旦）

巧甚妙甚
又自香艷

叫俺回杜家赴了、柳衙便作你杜鵑花也叫不
轉子規紅淚灑【哭科】哎喲、見了俺前生的爹即
世嬤、顛不刺悄魂靈立化、【旦作悶倒科】【外驚科】
俺的麗娘兒、【末作望科】怎那老道姑來也連春
香也活在、好笑好笑、我在賊營裡瞧甚來、
【南鮑老催】【淨扮姑同貼上】官前定奪官前定奪、【打望科】
原來一衆官員在此、怎的起狀、元小姐嘴骨都
站一邉、眼見他喬公案斷的錯聽、了那喬教學
的嘴兒嗑、【末】春香賢弟也來了、這姑姑是賊、【淨】

苹陳教授、誰是賊、你報老夫人死哩、春香死埋、做得個紙棺材舌鍬撥、（向生科）柳相公喜也、（生）姊姊喜也、這丫頭那裏見俺來、（貼）你、和、小、姐、牡、丹、亭、做、夢、時、有、俺、在、（旦）好、活人活證、（淨丑）鬼團圓不想到眞和合、鬼椰榆不想做人生活、老相公你便是鬼三台費評跋、（淨貼並下）（末）朝門之下、人欽鬼伏之所、誰敢不從、少不得小姐勸狀元認了平章、成其大事、（旦作笑勸生科）柳郎拜了丈人罷、（生）不伏（科）

臧曰臨川詞如水仙雙調子兒曲入室矣

【北水仙子】（旦）呀呀呀你好差、（扯生手按生肩科）好好好點着你玉帶腰身把玉手叉、（生）幾百箇桃條、（旦）拜拜拜拜荊條曾下馬、（外扯科）（旦）扯扯扯做太山倒了架、（指生科）他他他點黃錢聘了、咱俺俺俺逗寒食喫了他茶、（指末科）你你你待求官報信則把口皮喳、（指生科）是是是是他開棺見槨漸除罷、（指外科）爹爹爹你可也罵勾了咱這鬼乜些、（丑扮韓子才冠帶捧詔上）聖旨已到跪聽宣讀、據奏奇異、勑賜團圓、平章杜寶進階一品妻甄氏封淮陰郡夫人狀元柳夢梅除授編修院學士妻杜麗娘封楊和縣君就着鴻臚官韓子才送歸宅院叩頭謝恩(丑)見科(丑)狀元恭喜了(生)呀是韓子才兄何以得此(丑)自別了尊兄蒙本府起送先儒之後到京考中鴻臚之職故此相會(生)一發奇異了(末)原來韓老先也是舊朋友(行科)

南雙聲子(衆)姻緣詫姻緣詫陰人夢黃泉下福分大福分大周堂内是這朝門下齊見駕齊見

祇日則普天下做鬼的有情誰似咱與西廂願普天下害相思的都成了眷屬不妨雙美若深伯龍浣紗記願普天下做夫妻的都似咱和你直令人發嘔耳

鴛、真喜洽、真喜洽、領、陽間誥勅、去陰司鎖假

比尾（生）從今後把牡丹亭夢影雙描画、（旦）虧殺你南枝挨煖俺北枝花則普天下做鬼的有情誰似咱

集唐

杜陵寒食草青青　羯鼓聲高衆樂停

更恨香魂不相遇　春腸遥斷牡丹亭

千愁萬恨過花時　人去人來酒一卮

唱盡新詞懽不見　數聲啼鳥上花枝

ISBN 978-7-5010-6140-2

定價：130.00圓（全二册）

奎文萃珍

牡丹亭

上册

[明]湯顯祖 撰

文物出版社

圖書在版編目（CIP）數據

牡丹亭 / (明) 湯顯祖撰. -- 北京 : 文物出版社, 2019.9（2022.1重印）
（奎文萃珍 / 鄧占平主編）
ISBN 978-7-5010-6140-2

Ⅰ. ①牡… Ⅱ. ①湯… Ⅲ. ①傳奇劇(戲曲) – 劇本 – 中國 – 明代 Ⅳ. ①I237.2

中國版本圖書館CIP數據核字(2019)第101936號

奎文萃珍
牡丹亭 〔明〕湯顯祖 撰

主　　編：鄧占平
策　　劃：尚論聰　楊麗麗
責任編輯：李縉雲　李子裔
責任印製：張　麗

出版發行：文物出版社
社　　址：北京市東城區東直門内北小街2號樓
網　　址：http://www.wenwu.com
經　　銷：新華書店
印　　刷：藝堂印刷（天津）有限公司
開　　本：710mm × 1000mm　1/16
印　　張：32.75
版　　次：2019年9月第1版
印　　次：2022年1月第2次印刷
書　　號：ISBN 978-7-5010-6140-2
定　　價：130.00圓（全二册）

序言

作爲中國戲曲史上的一部傑作，湯顯祖的《牡丹亭》自誕生之日便極受歡迎，不斷被刻印，以滿足市場需求。同時各種評點本、改本層出不窮。其中，明茅暎評點的四卷本有一定代表性。茅暎，生卒年不詳，字遠士，浙江歸安（今湖州）人。祖父茅坤爲明代著名文人、官員。父茅國縉亦有聲於時。兄茅元儀（一五九四—一六四〇）爲明末兵學巨匠。茅暎評點《牡丹亭》，茅元儀爲之撰序。據著録，茅暎著有《睡香集》（已佚）。除評《牡丹亭》外，還曾輯評《詞的》。

此本《牡丹亭》由吴興著名出版家族閔氏出資刊刻，於明泰昌元年（一六二〇）面世。半頁，九行十八字，四周單邊，白口，單魚尾。天頭鎸評語，手寫上板。卷首有清遠道人（湯顯祖）序、茅元儀序、茅暎題記。茅暎評點本對後續各版本影響很深，然而此本流傳不廣，如今十分罕見。

此本刊刻精美，最引人注目之處，是卷首所附二十六幅單面插圖。諸圖均出自著名畫師王文衡之手（最後一幅插圖畫面空白處書『庚申中秋寫 王文衡』）。

王文衡，字青城，江蘇吴門（今蘇州）人，明萬曆至天啓年間活躍於吴興地區，爲明末吴興畫派代表人物。其存世的單幅畫作有《游樂圖扇》，現存於故宫博物院。王氏亦擅書，近年來拍賣市場上出現過其書法作品（其中一幅爲書法對聯，一幅爲高啓詩作），皆瀟灑不凡。王文衡在明末戲曲版畫領域居於特殊地位，傳世的大量戲曲版畫創作都和他有關，有一種説法曰『吳興的書籍插圖出自他手，不下數十種之多』（《中華圖像文化史》第九章）。具體而言，據郭味蕖先生《中國版畫史略》（一九六二年），王文衡曾爲《邯鄲夢》《紅拂記》《紅梨記》《牡丹亭》四種戲曲刻本畫插圖。而當代收藏家袁芳榮在其專著《蠹簡遺韵（古書犀燭記三編）》中指出，民國年間陶湘曾彙刻《明刻傳奇圖像十種》，收《琵琶記》《紅拂傳》《董西厢記》《西厢記》《明珠記》《牡丹亭》《邯鄲夢》《南柯記》《紫釵記》和《燕子箋》，『這十種圖像有可能是同一位畫家王文衡的作品，例如《琵琶記》有「吳門王文衡圖」字樣及「青城」印；《紅拂傳》有「庚申中秋日王文衡寫」字樣及「王文衡印」；《西厢記》有「吳門王文衡寫」字樣及「青城」印；《牡丹亭》有「庚申中秋寫　王文衡」字樣；《邯鄲夢》有「仿唐伯虎　吳門王文衡」字樣。其他五種圖像雖然没有類似刻記，但從其繪圖風格看，似是同一人手筆。』

此本插圖從構圖布局到綫條筆劃均稱精到。人物造型可觀，女性角色纖柔婉麗，舉止優雅，配以萋萋花木、幽幽庭院，兼以近水遠山，風流水動，主要營造出一種幽深凄凉的意境，顯示了畫家獨特的藝術追求。將這些版畫鐫刻上板的是徽籍刻工汪文佐、劉升伯（插圖第八頁版心下方有『汪文佐鐫』，第十一頁版心下方有『劉升伯鐫』）。他們技藝頗高，刀法流麗，較好呈現了畫家原作的神態。

牡丹亭題詞

天下女子有情、寧有如杜麗娘者乎、夢其人卽病、病卽彌連、至手畫形容傳於世而後死、死三年矣、復能溟莫中求得其所夢者而生、如麗娘者、乃可謂之有情人耳、情不知所起、一往而深、生者可以死、死可以生、生而不可與死死而不可復生者皆非情之至也夢中之情何必非真天下豈少夢中之人耶必因薦枕而成親待掛冠而爲密者皆形骸之論也傳杜太守事者彷佛晉武都守李仲文廣州守馮孝將兒女事予稍爲更而演之至於杜守收拷柳生亦如漢睢陽王

收考談生也、嗟夫、人世之事、非人世所可盡。自非通人。恒以理相格耳。第云理之所必無。安知情之所必有邪。

萬曆戊戌秋清遠道人題

批點牡丹亭記序

玉茗堂樂府、臨川湯若士所著也、中有牡丹亭記、乃合李仲文馮孝將兒睢陽王談生事而附會之者也、其播詞也、鏗鏘足以應節、詭麗足以應情幻特足以應態、自可以變詞人抑揚俯仰之常局。而冥符于創源命派之手、雉城臧晉叔、以其爲案頭之書、而非場中之劇、乃刪其采、剉其鋒、使其合于庸工俗耳、讀其言、苦其事、恠而詞平詞恠而調平調恠而音節平于作者之意、漫滅殆盡、并求其如世之詞人俯仰抑揚之常局而不及余嘗與面質之、晉叔心未下也、夫晉叔豈

好乎乎哉以爲不如此。則不合于世
也合于世者必信乎世如必人之信
而後可則其事之生而死死而生死
者無端死而生者更無端安能必其
世之盡信也今其事出于才士之口
似可以不必信然極天下之恠者皆
乎也臨川有言第云理之所必無安

知情之所必有耶。我以不特此也。凡意之所可至必事之所已至也則死生變幻不足以言其惟而詞人之音響慧致反必欲求其平無謂也家季爲校其原本。評而播之。庶幾知其節知其情知其態者哉然亦必知其節知其情知其態者而後可與言矣。

前溪茅元儀題

題牡丹亭記

說者曰詩三百篇變而爲樂府樂府變而爲詞詞又變而爲曲逮至曲而詩亾矣不知詩之亾也亦音不叶律辭不該洽情不極至而徒爲嘽緩靡曼之響耳余幼讀季札之觀樂子野之覘楚與夫開皇大業房中清夜諸

曲識者每於此窺治忽心竊領之繼而進秦七揖柳郎而登淸照心又竊艷之因彙金荃蘭畹諸集遴較諸名家合作爲詞的一刻爰考九宮十三調以旁及于曲使曲不掩詞詞不掩樂府去三百篇又豈遠也但南音北調不啻充棟而獨有取於牡丹亭一

記何耶吾以家弦而戶習聲遏行雲響流淇水者徃哲已具論第曰傳奇者事不奇幻不傳辭不奇艷不傳其間情之所在自有而無自無而有不瑰奇愕眙者亦不傳而斯記有焉夢而死也能雪有情之淚死而生也頓破沉痛之顏雅麗幽艷燦如霞之披

而花之旖旎矣論者乃以其生不踏吳門學未窺音律局故鄉之聞見按無節之絃歌幾爲元人所笑不大難爲作者乎大都有音即有律律者法也必合四聲中七始而法始盡有志則有辭曲者志也必藻繪如生顰笑悲涕而曲始工二者固合則益美離

則兩傷但以其稍不諧叶而遂訾之是以折腰齵齒者攻於音則謂夷光南威不足妍也吾弗信矣試玫元以曲取士猶分十二科豈非兼才難而作者之精神難昧乎余於帖括之暇間爲數則附之唾香集後并刻茲記非敢謂咀宮嚼徵以分臨川前席酒

後耳熱聊與知者行歌拾穗以自快適耳

青茗茅暎遠士箑

牡丹亭目錄

一卷

勸農
肅苑
驚夢
慈戒
尋夢
訣謁
寫真
虜諜

牡丹亭目錄

二卷

牡丹亭目錄

三卷

牡丹亭目錄

四卷

索元
硬挎
圍駕

硬挎
聞喜
圍駕

索元
硬挎
圍駕

凡例

一南曲向多宗匠無論新聲第事涉玄幻語殊葩雅恐牡丹亭一記不唯遠軼時流亦當並轡徃哲昔賢既已嘔心今世何無具眼因特梓之與有情人相為拈賞

一曲每以窴白轃調舊本混刻不唯昧作者苦心亦大失詞家正脉今悉依寧菴先生九宮譜訂正

一臧晉叔先生删削原本以便登塲未免有截鶴續鳧之歎欲脩案頭完璧用存玉茗全編此亦臨川本意非僕臆見也臨川尺牘自可考

一晉叔評語當者亦多故不敢一槩抹殺以瞑前輩風流僕不足為臨川知已亦庶幾晉叔功臣

添眉翠揺佩珠
繡屏中生成士
女圖

荒臺古樹
寒烟

竹籬茆舍
酒旗乂雨
過炊烟一
縷斜

四

雨香雲片纔到
夢兒邊

樓上花枝
照獨眠

沒揣菱花偷人
半面

二

水阁摧残画船
抛躲冷鞦韆尚
挂下裠拖

汪文佐鐫

瞴花陰小犬吠春
星冷冥〻梨花
春影
八

銜幽香一陣
昏黃月

落日搖帆映
綠蒲

十一　劉升泊鶻圖

望黄淮秋捲
暮雲高

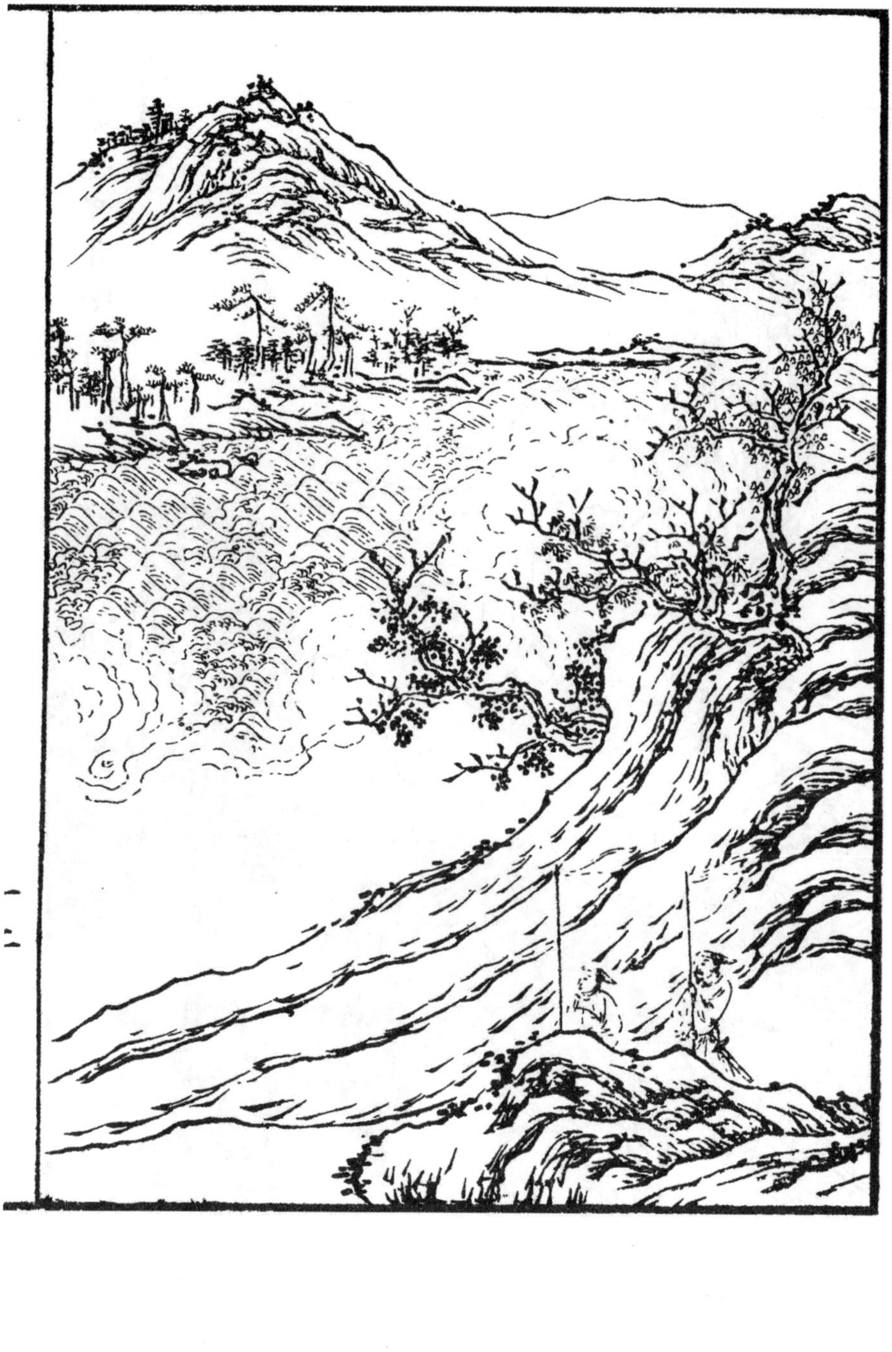

後苑池中月冷斷
魂波動

十三

平鋪着金殿琉
璃翠鴛鴦瓦

上四

牡丹亭

第一齣　標目

〔蝶戀花〕（末上）忙處拋人閒處住、百計思量、沒箇爲歡處、白日消磨腸斷句、世間只有情難訴、玉茗堂前朝復暮、紅燭迎人、俊得江山助、但是相思莫相負、牡丹亭上三生路、

〔漢宮春〕杜寶黃堂、生麗娘小姐、愛踏春陽、感夢書生折柳、竟爲情傷、寫眞留記、葬梅花道院淒涼、三年上有夢梅柳子、於此赴高唐、　果爾回生定配、赴臨安取

業字亦乃

試、寇起淮揚、正把杜公圍困、小姐驚惶、教柳郎行探、返遭疑、激惱平章、風流況施刑正苦、報中狀元郎、

杜麗娘夢寫丹青記　陳教授說下梨花槍
柳秀才偷載回生女　杜平章刁打狀元郎

第二齣　言懷

眞珠簾【生上】河東舊族、柳氏名門最、論星宿連張帶鬼幾葉到、寒儒、受雨打、風吹、謾說書中能富貴、顏如玉、和黃金那裡、貧薄把人灰、且養這浩

不成語

然之氣、〔鷓鴣天〕刮盡鯨鰲背上霜寒儒偏喜住炎方、憑依造化三分福、紹接詩書一脉香、能鑿壁、會懸梁、偷天妙手繡文章、必須斫得蟾宮桂、始信人間玉斧長、小生姓柳名夢梅、表字春卿、原係唐朝柳州司馬柳宗元之後、留家嶺南父親朝散之職、母親縣君之封、〔嘆科〕所恨俺自小孤单、生事微渺、喜的是今日成人長大二十過頭、志慧聰明、三場得手、只恨未遭時勢、不免饑寒、賴有始祖柳州公、帶下郭槖駝、柳州衙舍栽接花果、橐駝遺下一箇跎孫、也跟隨俺廣州種樹、相依過活、雖然如此、不是男兒結果之場、每日情思昏昏、忽然半月之前、做下一夢、夢到一園梅花樹下、立着個美人、不長不短、如送如迎、說道柳生柳生、遇俺方有姻緣之分、發跡之期、因此改名夢梅、春卿爲字、正是夢短夢長俱是夢、年來年去是何年、

【九迴腸】（解三醒）雖則俺改名換字、俏魂兒未卜先知、定佳期盼煞蟾宮桂、柳夢梅不賣查梨、還則

掩映梅柳字巧甚慧甚

怕嫦娥妒色花頹氣。等的俺梅子、酸心柳、皺眉渾如醉、〔三學士〕無螢鑿遍了鄰家壁、甚東墻不許人窺、有一日、春光暗度、黃金柳、雪意沖開了、白玉梅、〔急三鎗〕那時節、走馬、在章臺內。絲兒、翠籠定、箇、百花魁。雖然這般說、有箇朋友韓子才、是韓昌黎之後、寄居趙佗王臺、他雖是香火秀才、却有些談吐、不免隨喜一會、

集唐　門前梅柳爛春暉　夢見君王覺後疑
心似百花開未得　託身須上萬年枝

第三齣　訓女

【滿庭芳】（外扮杜太守上）西蜀名儒、南安太守、幾番廊廟江湖。紫袍金帶、功業未全無。華髮不堪回首、意抽簪萬里橋西。還只怕君恩未許、五馬欲踟躕。

一生名宦守南安、莫作尋常太守看。到來只飲官中水、歸去惟看屋外山。自家南安太守杜寶、表字子充、乃唐朝杜子美之後。流落巴蜀、年過五旬。想廿歲登科、三年出守、清名惠政、播在人間。內有夫人甄氏、乃魏朝甄皇后嫡派。此家峩嵋山澗世出賢德夫人單生小女才貌端妍喚名麗娘未議婚配看起自來淑女無不知書今日政有餘閑不免請出夫人商議此事正是中郎學富單傳女伯道官貧更少兒〔老旦上〕

〔遶地遊〕甄妃洛浦嫡派來西蜀封大郡南安杜母〔見科〕〔外〕老拜名邦無甚德〔老旦〕妾沾封誥有何功〔外〕春來閨閣閑多少〔老旦〕也長向花陰課女工〔外〕女工一事想女兒精巧過人看來古今賢淑多曉詩書他日嫁一書生不枉了談吐相

開卷便見情語

稱你意下如何〔老旦〕但憑尊意〔又〕〔貼持酒隨旦上〕嬌鶯欲語眼見春如許寸艸心怎報的春光一二〔見科〕爹娘萬福〔外〕孩兒後面捧着酒肴是何主意〔旦跪科〕今日春光明媚爹娘寬坐後堂女孩兒敢進三爵之觴少效千春之祝〔外笑科〕生受你

〔旦進酒科〕

〔玉山頹〕爹娘萬福女孩兒無限歡娛坐黃堂百歲春光進美酒一家天祿祝萱花椿樹雖則是子生遲暮守得見這蟠桃熟〔合〕且提壺花間竹

下長引着鳳凰雛（外）春香酌小姐一盃（外）吾家杜甫爲漂零老愧妻孥（泪科）夫人我比子美公更可憐也他還有念老夫詩句男兒俺則有學母氏画眉嬌女（老旦）公相休焦倘然招得好女壻與兒子一般（外笑科）可一般呢（老旦）做門楣古語爲甚的這叨叨絮絮纔到的中年路（合前）（外）女孩兒把臺盞收去（旦下科）（外）叫春香俺問你小姐終日綉房有何生活（貼）綉房中則是綉（外）綉的許多（貼）綉了打綿（外）甚麽綿（貼）

睡眠（外）好哩好哩、夫人你纔說長向花陰課女工、却縱容女孩兒閒眠、是何家教、叫女孩兒（旦）上爹爹有何分付（外）適問春香道你白日眠睡是何道理、假如刺繡餘閑、有架上圖書可以寓目他日到人家知書知禮、父母光輝、這都是你娘親失教也、

（玉胞肚）（外）宦囊清苦也、不曾詩書誤儒、你好些時做客爲兒、有一日把家當戶、是爲爹的疎散不見拘道的箇爲娘是女模、

〔又〕

〔老旦〕眼前兒女，俺爲娘心蘇體劬，嬌養他掌上明珠，出落的人中美玉。兒呵，篆三分說話你自心模，難道八字梳頭做目呼。

〔又〕

〔旦〕黃堂父母，倚嬌痴慣習如愚，剛打的鞦韆画圖，閒榻着鴛鴦繡譜。從今後茶餘飯飽破工夫，玉鏡臺前插架書。〔老旦〕雖然如此，要箇女先生講解纔好。〔外〕不能勾。

〔又〕

後堂公所，請先生則是鴻門腐儒。〔老旦〕女兒呵，怎念遍的孔子詩書，但略識周公禮數。〔合〕不

曲俱當行

枉了銀娘玉姐、只做個紡磚兒謝女班姬女校書、【外】請先生不難、則要好生館待、

【尾聲】說與你夫人愛女休禽犢、館明師茶飯須淸楚、你看俺治國齊家也則是數卷書、

集唐

往年何事乞西賓　主領春風只在君

伯道暮年無嗣子　女中誰是衛夫人

第四齣　腐嘆

【雙勸酒】【末扮老儒上】燈窗苦吟。寒酸撒吞。科場苦禁。蹉跎直恁。可憐辜負看書心。吼兒病。年來迸侵。

欬嗽病多踈酒盞村童俸薄减厨烟爭知天上
無人住弔下春愁鶴髮仙自家南安府儒學生
員陳最良表字百粹祖父行醫小子自幼習儒
十二歲進學超增補廩觀場一十五次不幸前
任宗師考居劣等停廩兼且兩年失館衣食单
薄這些後生都順口叫我陳絕糧因我醫卜地
理所事皆知又改我表字伯粹做百雜碎明年
是第六箇旬頭也不想甚的了有箇祖父藥店
依然開張在此儒變醫菜變虀這都不在話下

昨日聽見本府杜太守有個小姐要請先生好些奔競的鑽去他可爲甚的鄉邦好說話一也通關節二也撞太歲三也穿他門子管家改竄文卷四也別處吹嘘進身五也下頭官兒怕他六也家裡騙人七也爲此七事沒了頭要去他們都不知官衙可是好踏的況且女學生一發難教輕不得重不得倘然間體面有些不臻啼不得哭不得似我老人家罷了正是有書遮老眼不妨無藥散閑愁（丑扮府學老門子上）天下

秀才窮到底學中門子老成精（見科）陳齋長報喜、（末）何喜（丑）杜太爺要請箇先生教小姐、掌教老爹、開了十數名去、都不中、說要老成的、我去掌教老爹處稟上了、你太爺有請帖在此、（末）人之患、在好爲人師、（丑）是人之飯、有得你喫哩、（末）這等便行、（行科）

（洞仙歌）（末）咱頭巾破了、修靴頭綻了、兜。（丑）你坐老齋頭。衫襟沒了、後頭。（合）硯水漱淨口、去承官飯、溲、剔、牙、杖、敢、黄、虀臭、

可作老秀才別傳

又（丑）咱門兒尋事頭、你齋長干罷休、（末）要我謝、酬、知、那、裡、畱、不、畱、（合）不、論、端、陽、九、但、逢、出、府、遊、則、撿、着、衫、兒、袖、（丑）望見府門了、

集唐（丑）世間榮落本逡巡（末）誰採髭鬢白似銀

（丑）風流太守容閑坐（合）便有無邊求福人

第五齣　延師

浣沙溪（外引貼扮門子　丑扮皂隸同上）山色好、訟庭稀、朝看飛鳥暮飛回、印。床。花。落。簾。垂。地。　杜母高風不可攀、甘棠遊憩在南安、雖然爲政多陰德、尚少階前

玉樹蘭、我杜寶出守此間、只有夫人一女尋箇老儒教訓他、昨日府學開送一名廩生陳最良年可六旬、從來飽學、一來可以教授小女二來可以陪伴老夫、今日放了衙參、分付安排禮酒、叫門子伺候、（衆應科）（末儒巾藍衫上）（又）須抖擻、要拳奇、衣冠欠整、老而衰、養浩然、分庭還抗禮、（丑稟科）陳齋長到門、（外）就請衙內相見、（丑唱門科）南安府學生員進、（下）（末跪起揖又跪科）生員陳最良稟拜、（拜科）（末）廣學開書院、（外）

崇儒引席珍（末）獻酬樽俎列、（外）賓主位班陳叫
左右、陳齋長在此淸敘着門役散回家丁伺候、
衆應（下）（淨扮家僮上）（外）久聞先生飽學、敢問尊
年有幾、祖上可也習儒、（末）答稟、
鎖南枝將耳順望古稀、儒冠悞入霜髯絲、（外）近
來、（末）君子要知醫、懸壺舊家世、（外）原來世醫、還
有他長、（末）凡雜作可試、爲但諸家略通的、（外）這
等一發有用、
（又）聞名久、識面初、果然大邦生大儒、（末）不敢、（外）

有女頗知書。先生長訓詁。（末）當得則怕做不得小姐之師。（外）那女學士。你做的班大姑。今日選良辰。叫他拜師傅。院子敲雲板。請小姐出來。（旦）引貼上

（旦）添眉翠。搖佩珠。繡屏中。生成士女。圖蓮步。鯉庭趨。儒門舊家數。（貼）先生來了。怎好。（旦）少不得去。丫頭。那賢達女。都是些古鏡模。你便略知書。也好做奴僕。（淨報科）小姐到。（見科）（外）我兒過來。玉不琢不成器。人不學不知道。今日吉辰。來拜

淂做法

了先生（內鼓吹科）（旦拜）學生自愧蒲柳之姿敢煩桃李之教（末）愚老恭承捧珠之愛謬加琢玉之功（外）春香丫頭向陳師父叩頭着他伴讀（貼叩頭科）（末）敢問小姐所讀何書（外）男女四書他都成誦了則看些經旨罷易經以道陰陽義理深奥書以道政事與婦人沒相干春秋禮記又是孤經則詩經開首便是后妃之德四箇字兒順口且是學生家傳習詩罷其餘書史儘有則可惜他是箇女兒

即女爲君子儒一句已鑿破混沌竅矣

(又)我年將半、性喜書、牙籤插架三萬餘、(歎科)我伯道、恐無兒、中郎有誰付、先生他要看的書儘看、有不臻的所在、打這丫頭、(貼)哎喲、(外)冠兒下、他做箇女秘書、小梅香要防護、(末)謹領、(外)春香伴小姐進衙、我陪先生酒去、(旦拜科)酒是先生饌。女爲君子儒、(下)(外)請先生後花園飲酒、

(外)門館無私白日閑(末)百年粗糲腐儒餐

集唐(外)在家弄玉惟嬌女(合)花裡尋師到杏壇

第六齣　悵眺

此折極閒極趣非臨川不能爲晉州反去之何耶

番卜筭〔丑扮韓秀才上〕家世大唐年寄籍潮陽縣越王臺上海連天可是鵬程便榛樹梢頭訪古臺下看甲子海門開越王歌舞今何在時有鷓鴣飛去來自家韓子才俺公公唐朝韓退之爲上了破佛骨表貶落潮州一出門藍關雪阻馬不能前先祖心裡暗暗道第一程采頭罷了正苦中間忽然有箇湘子姪兒乃下八洞神仙襤褸相見俺退之公公一發心裡不快呵融凍筆題一首詩在藍關草驛之上末二句單指着湘子說

今世認家譜者强半如此

道知汝遠來應有意好收吾骨葬江邊湘子袖了這詩長笑一聲騰空而去果然後來退之公公潮州瘴死舉目無親那湘子恰在雲端看見想起前詩按下雲頭收其骨殖到得衙中四顧無人單單則有湘子原妻一箇在衙四目相視把湘子一點凡心頓起當時生下一支留在水湖傳了宗祀小生乃其嫡派苗裔也因亂流來廣城官府念是先賢之後表請勑封小生爲昌黎祠香火秀才寄居趙佗王臺子之上正是雖

然乞相寒儒却是仙風道骨呀早一位朋友上來誰也（生上）

（外）經史腹便便晝夢人還倦欲尋高聳看雲烟海色光平面（相見科）（丑）是柳春卿甚風兒吹的老兄來（生）偶爾孤遊上此臺（丑）這臺上風光儘可矣（生）則無奈登臨不快哉（丑）小弟此間受用也（生）小弟想起來到是不讀書的人受用（丑）能（生）趙佗王便是

【鎖寒牕】祖龍飛鹿走中原尉佗呵他倚定着摩

崖半壁天稱孤道寡是他英雄本然江山白占起些宮殿似吾儕讀盡萬卷書可有半塊土麼那半部上山河不見（合）由天攀今弔古也徒然荒臺古樹寒烟（丑）小弟看兄氣象言談似有無聊之嘆先祖昌黎公有云不患有司之不明只患文章之不精不患有司之不公只患經書之不通老兄還則怕工夫有不到處（生）這話休提比如我公公柳宗元與你公公韓退之他都是飽學才子却也時運不濟你公公錯題了佛骨

表。貶職潮陽。我公公則為在朝陽殿。與王叔文丞相下碁子。驚了聖駕。直貶做柳州司馬。都是邊海烟瘴地方。那時兩公一路而來。旅舍之中。兩箇挑燈細論。你公公說道。宗元宗元。我和你兩人文章三六九比勢。我有王泥水傳。你便有梓人傳。我有毛中書傳。你便有郭駝子傳。我有祭鱷魚文。你便有捕蛇者說。這也罷了。則我進平淮西碑。取奉朝廷。你却又進箇平淮西的雅。一篇一篇。你都放俺不過。恰如今貶竄烟方。也

趣絕詼諧至此坡仙微婆卓老點頭石公亦潸而擊節矣

合着一處豈非時乎運乎命乎韓兄這長遠的事休提了假如俺和你論如常難道便應這等寒落因何俺公公造下一篇乞巧文到俺二十八代玄孫再不曾乞得一些巧來便是你公公立意做下送窮文到老兄二十幾輩了還不曾送的箇窮去算來都則爲時運二字所虧（丑）是也春卿兄

（又）你貴家資製買書田怎知他賣向明時不直錢雖然如此你看趙佗王當時也有箇秀才陸

尋常學問用來都趣臨川的是趣人

賈拜為奉使中大夫到此趙佗王多少尊重他他歸朝燕喜黃金累千那時漢高皇厭見讀書之人但有箇帶儒巾的都拿來溺尿這陸賈秀才端然帶了四方巾深衣大擺去見漢高皇那高皇望見這又是箇掉尿鱉子的來了便迎着陸賈罵道你老子用馬上得天下何用詩書那陸生有趣不多應他只回他一句陛下馬上取天下能以馬上治之乎漢高皇聽了呀然一笑說道便依你說不管什麼文字念了與寡人聽

之陛大夫不慌不忙、袖裡出一卷文字恰是平日燈牕下纂集的新語一十三篇、高聲奏上那高皇纔聽了一篇、龍顏大喜、後來一篇一篇都喝采稱善、立封他做箇關內侯、那一日好不氣象、休道漢高皇、便是兩班文武、見者皆呼萬歲、言言得意人人稱羡、（生嘆科）則俺累牘連篇誰見、（合前）（丑）再問春卿在家、何以爲生、（生）寄食圍公、（丑）依小弟說、不如干謁些須、可圖前進、（生）你不知今人少趣哩、（丑）老兄可知有箇欽差識寶使

苗老先生到是箇知趣人兒今秋任滿倒於香山奧多寶寺中賽寶那時一往何如（生）領教

應念愁中恨索居　青雲器業俺全疎
越王自指高臺笑　劉項原來不讀書
集唐

第七齣　閨塾

（末上）吟餘改抹前春句飯後尋思午晌茶蟻上案頭沿硯水蜂穿窗眼咂瓶花我陳最良杜衙設帳杜小姐家傳毛詩極承老夫人管待今日早膳已過我且把毛詩潛玩一遍（念科）關關雎

鳩在河之洲、窈窕淑女、君子好逑、好者、好也、逑者逑也、(看科)這早晚了還不見女學生進館、却也嬌養的凶、待我敲三聲雲板、(敲雲板科)春香請小姐上書、(旦引貼捧書上)

[遶地遊]素妝纔罷、款步書堂下、對淨几明窗瀟灑、(貼)昔氏賢文、把人禁殺、恁時節則好教鸚哥喚茶、(見科)(旦)先生萬福、(貼)先生少怪、(末)凡爲女子、雞初鳴、咸盥漱櫛笄、問安於父母、日出之後各供其事、如今女學生以讀書爲事、須要早起、

旦以後不敢了、貼知道了、今夜不睡、三更時分
請先生上書、末昨日上的毛詩可溫習、旦溫習
了、則待講解、末你念來、旦念科關關雎鳩、在河
之洲、窈窕淑女、君子好逑、末聽講、關關雎鳩雎
鳩是箇鳥、關關鳥聲也、貼怎樣聲兒、末作鳩聲
貼學鳩聲諢科末此鳥性喜幽靜、在河之洲、貼
是了、不是昨日是前日、不是今年、是去年、俺衙
內關着箇班鳩兒、被小姐放去、一去去在河知
州家、末胡說這是興、貼興箇甚的那末興者起

鋪敘停妥
不俗

也起那下頭窈窕淑女，是幽閑女子，有那等君子好好的來逑他。【貼】爲甚好好的求他？【末】多嘴。

【旦】師父依註解書，學生自會，但把詩經大意敷演一番。

【掉角兒】【末】論六經詩經最葩。閨門內許多風雅。有指證姜嫄產哇，不嫉妒后妃賢達。更有那咏雞鳴，傷燕羽，泣江皐，思漢廣，洗淨鉛華，有風有化，宜室宜家。【旦】這經文偌多。【末】詩三百一言以蔽之，沒多些，只無邪兩字，付與兒家。【末】書講了，春香取文房四寶來模字【貼下取上】紙筆墨硯在此【末】這甚麼墨【旦】丫頭錯拿了這是螺子黛畫眉的【末】這甚麼筆【旦笑科】這便是畫眉細筆【末】俺從不曾見拿去拿去這是甚麼紙【旦】薛濤箋【末】拿去拿去只拿那蔡倫造的來這是甚麼硯是一箇是兩箇【旦】鴛鴦硯【末】許多眼【旦】淚眼【末】哭甚麼子一發換了來【貼背科】好箇標老兒待換去【下換上】這可好【末看科】着【旦】學生自會臨書春香還勞把筆【末】看你臨【旦寫字科】【末看】

臧曰此處即揷入後花園得做話

（驚科）我從不曾見這樣好字這甚麼格（旦）是衛夫人傳下美女簪花之格（貼）待俺寫箇奴婢學夫人（旦）還早哩（貼）先生學生領出恭牌（下）（旦）敢問師母尊年（末）目下平頭六十（旦）學生待繡對鞋兒上壽請箇樣兒（末）生受了依孟子上樣兒做箇不知足而爲屨罷了（旦）還不見春香來（末）要喚他麼（末叫三度科）（貼上）害淋的（旦作惱科）劣丫頭那裡來（貼笑科）溺尿去來原來有座大花園花明柳綠好耍子哩（末）哎也不攻書花園

去、待俺取荊條來〔貼〕荊條要做甚麼、
〔末〕女郎行、那裡應文科判衙、止不過識字兒揮
書題画、〔起科〕〔末〕古人讀書有囊螢的、趁月亮的、
知道麼、〔貼〕待映月耀蟾蜍眼花、待囊螢把蟲蟻
兒活支煞、〔末〕懸梁刺股呢、〔貼〕比似你懸了梁損
頭髮刺了股添疤納有甚光華〔內叫賣花科〕〔貼〕
小姐把讀書聲差。聽他賣花。〔末〕又引逗小姐哩
待俺當真打一下、〔末做打科〕〔貼閃科〕你待打打
這哇哇、桃李門牆、嶮把負荊人諕煞〔貼搶荊條

投地科〔旦〕死了頭、唐突了師父快跪下〔貼跪科〕
〔旦〕師父看他初犯、容學生責認一遭兒、
〔又〕手不許、把鞦韆架拿、腳不許、把花園路踏、〔貼〕
則瞧罷、〔旦〕還嘴、這招風嘴、把香頭來綽疤、招花
眼、把繡鍼兒簽瞎、〔貼〕瞎了中甚用、〔旦〕則要你守
硯臺、跟書案、伴詩云、陪子曰、沒的爭差、〔貼〕爭差
些罷、〔旦撏貼髮科〕則問你幾絲兒頭髮、幾條背
花、敢也怕些些夫人堂上、那些家法、〔貼〕再不敢
了、〔旦〕可知道、〔末〕也罷鬆這一遭兒起來〔貼起科〕

臧曰旦問花園是戲眼色〻入神色〻入画更妙處是小姐仍帶稚氣

尾聲（末）女弟子則爭箇不求聞達、和男學士一般兒教法、你們工課完了方可回衙、咱和公相陪話去、（合）怎辜負的這一弄明牕新絳紗（末下）（貼做指末背罵科）村老牛、痴老狗、一些趣也不知、（旦作扯科）死丫頭、一日爲師、終身爲父、他打不得你、俺且問你那花園在那裡、（貼做不說）（旦笑問科）（貼指科）兀那不是、（旦）可有甚麼景致、（貼）景致麼、有亭臺六七座、鞦韆一兩架、遶的流觴曲水、面着太湖石山、名花異草、委實華麗、（旦）原

來介道第一節所在且回衙去

集唐　也曾飛絮謝家庭　欲化西園蝶未成

無限春愁莫相問　綠陰終借暫時行

第八齣　勸農

【夜遊朝】（外引淨扮皁隸貼扮門子同上）何處行春開五馬、采邠風物候濃華、竹宇聞鳩。朱幡引鹿。且留憇甘棠之下。【古調笑】時節時節過了春三二月、乍晴膏雨烟濃、太守春深勸農農重農重緩理征徭詞訟、俺南安府在江廣之間春事頗早想俺為太守的深居府堂、那遠鄉僻塢、有拋荒遊懶的、何由得知、昨已分付該縣、置買花酒、待本府親自勸農、想已齊備〔丑扮縣吏上〕承行無令史、帶辦有農民、稟爺爺、勸農花酒俱已齊備、〔外〕分付起行、近鄉之處、不許多人囉唣、〔衆應喝道起行科〕〔外〕正是為乘陽氣行春令、不是閒遊玩物華、〔下〕

〔生末扮父老上〕

〔又〕白髮年來公事寡、聽見童笑語諠譁、太守巡遊、春風滿馬、敢借着這務農宣化、俺等乃是南

安府清樂鄉中父老恭喜本府杜太爺管治三
年慈祥端正弊絶風清凡各村鄉約保甲義倉
社學無不舉行極是地方有福現今親自各鄉
勸農不免官亭伺候那祗候們扛擡花酒到來
也〔丑老旦扮公人扛酒提花上〕
〔普賢歌〕俺天生的快手賊無過衙舍裏消消沒
的睃扛酒去前坡〔做跌科〕幾乎破了哥摔破了
花花你賴不的我〔生末〕列位祗候哥到來〔老旦
〔丑〕便是這酒埕子扁了則怕酒少煩老官兒遮

一如画

盖些（生末）不妨且擡過一邊村塢裡噇酒去（老旦丑下）（生末）地方端正坐椅太爺到來（虛下）（外引衆上）

（排歌）紅杏深花菖蒲淺芽春疇漸煖年華竹籬茅舍酒旗叉雨過炊烟一縷斜（生末接科）（合）提壺叫布穀喳行看幾日免排衙休頭踏省諠譁怕驚林外野人家（皂稟科）稟爺到官亭（生末見科）（外）衆父老此爲何鄉何都（生末）南安縣第一都清樂鄉（外）待我一觀（望科）（外）美哉此鄉眞箇

清而可樂也〔長相思〕你看山也清水也清人在
山陰道上行春雲處處生〔生末〕正是官也清吏
也清村民無事到公庭農歌三兩聲〔外〕父老知
我春遊之意乎
〔八聲甘州〕平原麥灑翠波搖翦翦綠疇如畫如
酥嫩雨遶塍春色藹苴趁江南土踈田脉佳怕
人戶們抛荒力不加還怕有那無頭官事誤你
生涯〔父老〕以前晝有公差夜有盜警老爺到後
呵

臧曰：糞渣香等詩正得元曲體，今人罕知此者。

〔又〕千邨轉歲華、愚父老香盆、兒童竹馬、陽春有腳、經過百姓人家、月明無犬吠、桃花雨過、看牛踏綠莎、佳話眞箇、邨邨雨露桑麻、〔內歌泥滑喇科〕〔外〕前邨田歌可聽、

孝白歌〔淨扮田夫上〕泥滑喇、腳支沙、短耙長犁滑律的拿、夜雨撒菰麻、天晴出糞渣、香風䭅鮓、〔外〕歌的好、夜雨撒菰麻、天晴出糞渣、香風䭅鮓、是說那糞臭、父老呵、他却不知這糞是香的、有詩爲證、焚香列鼎奉君王、饌玉炊金飽即妨、直到饑

時聞飯過龍涎不及糞渣香與他插花賞酒〔淨插花飲酒咲科〕好老爺、好酒〔合〕官裡醉流霞風前笑插花把農夫們俊煞、〔下〕〔門子禀科〕一個小厮唱的來也、

〔又丑扮牧童拿笛上〕春鞭打、笛兒吵、倒牛背、斜陽閃暮鴉、〔笛指門子科〕他一樣小腰擺、一般雙髻鬔能騎大馬、〔外〕歌的好、怎生指着門子唱一樣小腰擺、一般雙髻鬔能騎大馬、父老他怎知騎牛的倒穩、有詩為證、常羨人間萬戸侯、只知騎馬勝騎

牛、今朝馬上看山色、爭似騎牛得自由、賞他酒、
插花去、（丑插花飲酒科）（合）官裡醉流霞、風前笑
插花、村童們俊煞、（下）（門子稟科）一對婦人歌的
來也、
（又）（旦老旦採桑上）那桑陰下柳簍兒搓、順手腰身翦一
丫、呀什麼官員在此、俺羅敷自有家、便秋胡怎
認他、提金下馬、（外）歌的好、說與他、不是魯國秋
胡不是秦家使君、是本府太爺勸農、見此勤渠
採桑可敬也、有詩爲證、一般桃李聽笙歌、此地

桑陰十畝多，不比世間閒草本，絲絲葉葉是綾羅，領酒插花去，〔二旦背插花飲酒科〕〔合〕官裡醉流霞，風前笑插花，采桑人俊煞，〔下〕〔門子禀科〕又一對婦人唱的來也，〔老旦丑持筐採茶上〕

〔又〕乘穀雨，采新茶，一旗半槍金縷芽，呀甚麼官員在此，學士雪炊他，書生困想他，竹烟新瓦，〔外〕歌的好，說與他，不是郵亭學士，不是陽羨書生，是本府太爺勸農，看你婦女們采桑采茶，勝如采花，有詩為證，只因天上少茶星，地下先開百

草精閑煞女郎貪鬬艸、風光不似鬬茶清、領了
酒插花去、（淨丑插花飲酒科）（合）官裡醉流霞風
前笑插花、采茶人俊煞、（下）（生末跪科）稟老爺、衆
父老茶飯伺候、（外）不消、餘花餘酒、父老們領去
給散小鄉村也、見官府勸農之意、叫祗候們起
馬、（生末做扳留不許起叫科）村中男婦領了花
賞了酒的、都來送太爺、（前衆男婦插花上）
（清江引）黃堂春遊韻瀟灑、身騎五花馬、郵塢裡
有光華、花酒藏風雅、男女們請了、你德政碑隨

路打(下)

集唐　閭閻繚繞接山巔　春艸青青萬頃田
日暮不辭停五馬　桃花紅近竹林邊

第九齣　肅苑

【一江風】(貼上)小春香一種在人奴上、畫閣裏從嬌養侍娘行弄粉調朱貼翠拈花慣向粧臺傍倍他理繡床倍他燒夜香小苗條喫的是夫人杖花面丫頭十三四、春來綽約省人事、終須等着箇助情花、處處相隨步步覷、俺春香日夜跟隨

國色家聲相對甚佳

小姐、看他名爲國色、貫守家聲、嫩臉嬌羞、老成尊重、只因老爺延師教授、讀到毛詩第一章、窈窕淑女、君子好逑、悄然廢書而嘆曰、聖人之情、盡見於此矣、今古同懷、豈不然乎、春香因而進言、小姐讀書困悶、怎生消遣則箇、小姐一會沉吟、逡巡而起、便問道春香、你教我怎生消遣那、俺便應道、小姐也沒箇甚法兒、後花園走走罷、小姐說死了頭、老爺聞知怎好、春香應說、老爺下鄉有幾日了、小姐低回不語者久之、方纔取

過曆書選看說明日不佳後日欠好除大後日
是箇小遊神吉期預喚花郎掃淸花逕我一時
應了則怕老夫人知道却也由他且自叫那小
花郎分付去呀迴廊那廂陳師父來了正是年
光到處皆堪賞說與痴翁總不知（末上）
（又）老書堂暫借扶風帳日煖鈎簾蕩呀那迴廊
小立雙鬟似語無言近看如何相是春香問你
恩官在那廂夫人在那廂女書生怎不把書來
上（貼）原來是陳師父俺小姐這幾日沒工夫上

書（末）爲甚（貼）聽呵

（末）甚年光忒煞通明相所事關情況（末）有甚麽情得（貼）老師父還不知老爺怪你哩（末）何事（貼）說你講毛詩毛得忒精了小姐呵爲詩章講動情腸（末）則講了箇關關雎鳩（貼）故此了小姐說關關的雎鳩尚然有洲渚之興可以人而不如鳥乎書要埋頭那景致則擡頭望如今分付明後日遊後花園（末）爲甚去遊（貼）他平空的春暗傷因春去的忙後花園要把春愁漾（末）一發不

所以是個
秀才
画出腐態
俊吻

該了、
(又)論娘行出入人觀望、步起須屏幛、春香、你師父靠天也、六十來歲從不曉得箇傷春從不曾遊箇花院(貼)爲甚(末)你不知孟夫子說得好聖人千言萬語、則要收其放心、但如常着甚春傷要甚春遊、你放春歸、怎把心兒放、小姐既不上書、我且告歸幾日、你尋常到講堂時常向瑣窗怕燕泥香點涴在琴書上我去了、繡戶女子閒鬪艸、下帷老子不窺園(下)(貼弔場)且喜陳師父

去了、叫花郎在麼、(叫科)花郎、花郎、(丑扮花郎醉上)

【普賢歌】一生花裡小隨衙、偷去街頭學賣花、令史們將我揸、祗候們將我搭、狠燒刀、險把我嫩盤腸生灌殺、(見科)春姐在此、(貼)好打、私出衙前騙酒、這幾日菜也不送、(丑)有菜夫、(貼)水也不挑、(丑)有水夫、(貼)花也不送、(丑)每早送花、夫人一分小姐一分、(貼)還有一分哩、(丑)這該打、(貼)你叫甚麼名字、(丑)花郎、(貼)你把花郎的意思、謅箇曲兒

俺聽謅的好餅打、（丑）使得、

（黎花兒）小花郎看盡了花成浪、則春姐花沁的水洗浪、和你這日高頭偷瞧瞧、紫好花枝乾鱉了作麼頭、（貼）待俺還你也哥、

（又）小花郎做盡花兒浪、小郎當夾細的大㧐郎、（丑）哎喲、（貼）俺待到老爺回時說一浪、（揪丑髮科）紫敢幾箇小榔頭把你分的頭、（丑倒科）罷了、姐姐爲甚光降小園、（貼）小姐大後日來瞧花園、好些掃除花逕、（丑）知道了、

嬌姿弱質

百態橫生

集唐（貼）東郊風物正薰馨（丑）應喜家山接女星（貼）莫遣兒童觸紅粉（丑）便教鶯語太丁寧

第十齣　驚夢

【遶地遊】（旦上）夢迴鶯囀，亂煞年光遍，人立小庭深院。（貼上）注盡沉烟，拋殘繡線，恁今春關情似去年。

【烏夜啼】（旦）曉來望斷梅關，宿妝殘。（貼）你側着宜春髻子恰憑闌。（旦）翦不斷，理還亂，悶無端。（貼）巳分付催花鶯燕借春看。（旦）春香，可曾叫人掃除花逕？（貼）分付了。（旦）取鏡臺衣服來。（貼取鏡臺衣服

臧云步香閨怎把全身現其自歛若此而爲夢中人所持信知有女懷春吉士固能誘之矣

下場語

【旦】雲髻罷梳還對鏡，羅衣欲換更添香。鏡臺衣服在此。

【步步嬌】【旦】裊晴絲吹到閑庭院，搖漾春如線。停半晌整花鈿，沒揣菱花偷人半面，迤逗的彩雲偏。【行科】步香閨怎便把全身現。【貼】今日穿插的好。

【醉扶歸】【旦】你道翠生生出落的裙衫茜，豔晶晶花簪八寶填，可知我一生兒愛好是天然。恰三春好處無人見，不隄防沉魚落雁鳥驚諠，則怕的羞花閉月花愁顫（貼）早飯時了請行（行科）你看画廊金粉半零星池館蒼苔一片青踏草怕泥新繡襪惜花疼煞小金鈴（旦）不到園林怎知春色如許

（皂羅袍）原來姹紫嫣紅開遍似這般都付與斷井頹垣良辰美景奈何天賞心樂事誰家院恁般景致我老爺和奶奶再不提起（合）朝飛暮卷雲霞翠軒雨絲風片烟波画船錦屏人忒看的這韶光賤（貼）花都放了那牡丹還早

臧曰錦屏人忒看得韶光賤此當家語也

便有酸楚之意矣

好姐姐【旦】春山啼紅杜鵑荼蘼外烟絲醉輭春香呵牡丹雖好他春歸怎占先【貼】成對兒鶯燕呵【合】閑凝眄生生燕語明如翦嚦嚦鶯歌溜的圓【旦】去罷【貼】這園子委是觀之不足也【旦】提他怎的【行科】

隔尾　觀之不足由他繾便賞遍了十二亭臺是惘然到不如興盡回家閑過遣【作到科】【貼】開我西閣門展我東閣牀瓶插映山紫鑪添沉水香小姐你歇片時俺瞧老夫人去也【下】【旦嘆科】默

地遊春轉小試宜春面春呵得和你兩留連春
去如何遣咳恁般天氣好困人也春香那里〔作
左右瞧科〕〔又低首沉吟科〕天呵春色惱人信有
之乎常觀詩詞樂府古之女子因春感情遇秋
成恨誠不謬矣吾今年已二八未逢折桂之夫
忽慕春情怎得蟾宮之客昔日韓夫人得遇于
郎張生偶逢崔氏曾有題紅記崔徽傳二書此
佳人才子前以密約偷期後皆得成秦晉〔長嘆
科〕吾生於宦族長在名門年已及笄不得早成

雖是情種

可憐

佳配、誠爲虛度青春、光陰如過隙耳、（泪科）可惜

妾身如花、豈料命如一葉乎、

（山坡羊）沒亂裡春情難遣、驀地裡懷人幽怨、則

因俺生小嬋娟、揀名門一例一例神仙眷、甚良緣、把

青春拋的遠。俺睡情誰見、誰見常腼腆、幽夢誰

邊、和春光流轉遷延、這衷懷那裡言、淹煎潑殘

生除問天。身子困倦了、且自隱几而眠、（睡科）（夢

生科）（生持柳枝上）鶯逢日煖歌聲滑、人遇風晴

笑口開、一徑落花隨水入、今朝阮肇到天台、小

臧曰詞趣結皆佳

生順路兒跟着杜小姐回來怎生不見（回看科）呀小姐小姐（旦驚起科）（相見科）（生）小生那一處不尋訪小姐來却在這裡（旦作斜視不語科）（生）恰好花園內折取垂柳半枝姐姐你既淹通書史可作詩以賞此柳枝乎（旦作驚喜欲言又止科）（背想科）這生素昧平生何因到此（生笑科）小姐咱一片閒情愛煞你哩

（山桃花）則爲你如花美眷。似水流年。是答兒閒尋遍在幽閨自憐。小姐我和你那荅兒講話去

旦作含笑不行生作牽衣科旦低問科那邊去、
生笑科轉過這芍藥闌前。緊靠着湖山石邊。旦
秀才去要怎的生低科和你把領扣鬆衣帶寬。
袖稍兒搵着牙兒苫也。則待你忍耐溫存一餉
眠。旦作羞生前抱旦推科合是那處曾相見相
看儼然。早難道這好處相逢無一言。生強抱旦
下科末扮花神束髮冠紅衣插花上催花御史
惜花天檢點春工又一年蘸客傷心紅雨下勾
人懸夢彩雲邊吾乃掌管南安府後花園神是

也因杜知府小姐麗娘與栁夢梅秀才後日有姻緣之分杜小姐遊春感傷致使栁秀才入夢咱花神專掌惜玉憐香竟來保護他要他雲雨十分的歡幸也

【鮑老催】單則是混陽烝變看他似蟲兒般蠢動把風情搧一般兒嬌凝翠綻魂兒顫這是景上緣想內成因中見呀淫邪展污了花臺殿咱便拈片落花兒驚醒他（向鬼門丟花科）他夢酣春透怎不畱戀花閃碎紅如片秀才纔到的半夢

入髓

兒夢畢之時好送杜小姐仍歸香閣吾神去也
〔生旦攜手上〕
山桃花〕這一霎天畱人便草藉花眠小姐可好
〔旦低頭科〕〔生〕則把雲鬟點紅鬆翠遍小姐休忘
了呵見了你緊相偎慢廝連恨不的肉兒般團
成片也逗的箇日上胭脂雨上鮮〔旦〕秀才你去
呵〔合前〕〔生〕姐姐你身子乏了將息將息〔送旦依
前作睡科〕〔輕拍旦科〕姐姐我去了〔作回顧科〕姐
姐你十分將息我再來瞧你那行來春色三分

雨睡去巫山一片雲（下）（旦作驚醒低叫科）秀才
秀才你去了也（又作痴睡科）（老旦上）夫婿坐黄
堂嬌娃立繡牕怪他裙衩上花鳥繡雙雙孩兒
孩兒你爲甚瞌睡在此（旦作醒叫秀才科）哎也
（老旦）孩兒怎的來（旦驚起科）奶奶到此（老旦）我
兒何不做些鍼黹或觀玩書史舒展情懷因何
晝寢於此（旦）兒適花園中閒玩忽値春喧惱人
故此回房無可消遣不覺困倦少息有失迎接
望母親恕兒之罪（老旦）孩兒這後花園中冷靜

少去閒行、旦領母親嚴命、老旦孩兒書堂看書
去、旦先生不在、且自消停、老嘆科女孩兒家長
成、自有許多情態、且自由他、正是宛轉隨兒女
辛勤做老娘、下 旦長嘆科 看老旦下科 哎也天
那、今日杜麗娘有些僥倖也、偶到後花園中、百
花開遍、覩景傷情、沒興而回、晝眠香閣、忽見一
生、年可弱冠、丰姿俊妍、於園內折柳條一枝、笑
對奴家說、姐姐既淹通書史、何不將柳枝題賞
一篇、那時待要應他一聲、心中自忖、素昧平生、

無聊之思
讀々為之
長歎掩卷

不知名姓，何得輕與交言，正如此想間，只見那生向前說了幾句傷心話兒，將奴摟抱去牡丹亭畔，芍藥闌邊，共成雲雨之歡，兩情和合，真箇是千般愛惜，萬種溫存，歡畢之時，又送我睡眠，幾聲將息，正待自送那生出門，忽值母親來到，喚醒將來，我一身冷汗，乃是南柯一夢，忙身參禮母親，又被母親絮了許多閑話，奴家口雖無言答應，心內思想夢中之事，何曾放懷，行坐不寧，自覺如有所失，娘呵，你教我學堂看書去，知

此折全以介取勝觀者須於此着眼方不負作者苦心

西廂每於尾聲作佳語後人罕知此者唯臨川得之

他看那一種書消悶也（作掩淚科）

【綿搭絮】雨香雲片纔到夢兒邊無奈高堂喚醒紗窗睡不便潑新鮮冷汗粘煎閃的俺心悠步嚲意軟鬟偏不爭多費盡神情坐起誰忺則待去眠（貼上）晚粧銷粉印春潤費香篝小姐薰了被窩睡罷

【尾聲】（旦）困春心遊賞倦也不索薰香繡被眠天呵有心情那夢兒還去不遠

集唐　春望逍遙出画堂　閒梅遮柳不勝芳

可知劉阮逢人處　回首東風一斷腸

第十一齣　慈戒

（老旦上）昨日勝今日、今年老去年、可憐小兒女、長自繡窗前、幾日不到女孩兒房中、午晌去瞧他、只見情思無聊、獨眠香閣、問知他在後花園回、身子困倦、他年幼不知、凡少年女子最不宜艷妝戲遊空冷無人之處、這都是春香賤材逗引他、春香那裡、（貼上）閨中圖一睡、堂上有千呼、奶奶怎夜分時節、還未安寢、（老旦）小姐在那裡、

〔貼〕陪過夫人到香閣中自言自語淹淹春睡去了敢在做夢也〔老旦〕你這賊材引逗小姐後花園去倘有疎虞怎生是了〔貼〕以後再不敢了〔老旦〕聽俺分付

〔征胡兵〕女孩兒只合香閨坐拈花翦朶問繡牕鍼黹如何逗工夫一線多更晝長閑不過琴書外自有好騰那去花園怎麽〔貼〕花園好景〔老旦〕丫頭不說你不知

〔又〕後花園窣靜無邊濶亭臺半倒落便我中年

人要去時節冗自裡打箇磨陀女兒家甚做作
星辰高猶自可（貼）不高怎的（老旦低叫）廝撞着
有甚不着科教娘怎麽小姐不曾晚飡早飯要
早你說與他

集唐（老）風雨林中有鬼神（貼）寂寥未是采花人
（老）素娥畢竟難防備（貼）似有微詞動絳唇

第十二齣　尋夢

（夜遊宮）（貼上）膩臉朝雲罷盥倒犀簪斜插雙鬟侍
香閨起早睡意闌珊衣桁前粧閣畔画屏閒丫

鬟一位春香、伏侍千金小姐、請過猫兒師父、不許老鼠放光、僥倖毛詩感動、小姐吉日時良、拖帶春香遣悶、後花園裡遊方、誰知小姐磕睡、恰遇着夫人問當、絮了小姐一會、要與春香一場、春香無言知罪、以後勸止娘行、夫人還是不放、少不得發咒禁當、(內問)春香姐發箇甚咒來、(貼)敢再跟娘胡撞、教春香即世裡不見兒郎、雖然一時抵對、烏鴉管的鳳凰、一夜小姐[忄毛]懆、起來促水朝粧、由他自言自語、日高花影紗窗、(內)快請小姐早膳（貼）報道官廚飯熟且去傳遞茶湯（下）（旦上）月兒高幾曲屏山展殘眉黛深淺爲甚衾兒裏不住的柔腸轉這憔悴非關愛月眠遲倦可爲惜花朝輭迷痴覰庭院艷艷花間起夢情女兒心性未分明無眠一夜燈明滅分煞梅香喚不醒昨日偶爾春遊何人見夢綢繆顧盼如遇平生獨坐思量情殊悵怳眞箇可憐人也（悶科）（貼捧茶食上）香飯盛來鸚鵡粒淸茶擎出鷓鴣斑

一往情深

小姐早膳哩〔旦〕咱有甚心情也
〔又〕梳洗了纔勻面照臺兒未收展睡起無滋味
茶飯怎生嚥〔貼〕夫人分付早飯要早〔旦〕你猛說
夫人則待把饑人勸你說爲人在世怎生叫做
吃飯〔貼〕一日三飡〔旦〕哎甚甌兒氣力與拳擎生
生的了前件你自拿去吃了罷〔貼〕受用餘杯冷
炙勝如賸粉殘膏〔下〕〔旦〕春香已去天呵昨日所
夢池亭儼然只圖舊夢重來其奈新愁一段尋
思展轉竟夜無眠咱待乘此空閒背却春香悄

較玉簪抓
佳荼蘼架
尤細

向花園尋看（悲科）哎也似咱這般正是夢無彩鳳雙飛翼心有靈犀一點通（行科）一逕行來喜的園門洞開守花園的都不在則這殘紅滿地呵

〔懶畫眉〕最撩人春色是今年。少甚麼低就高來粉畫垣。元來春心無處不飛懸。（絆科）哎睡荼蘼抓住裙衩線。恰便似花似人心好處牽。這一灣流水呵

〔又〕爲甚呵玉真重遡武陵源也則爲水點花飛

此一句為之淚涔涔下矣

在眼前是天公不費買花錢則咱心中自有啼紅怨咳孤負了春三二月天（貼上）喫飯去不見了小姐則一逕尋來呀小姐你在這裡

不是路何意嬋娟小立在垂垂花樹邊纔朝膳箇人無伴怎遊園（旦）畫廊前深深驀見銜泥燕隨步名園是偶然（貼）娘回轉幽閨窣地教人見那些兒閒串

（又）（旦惱科）唗偶爾來前道的咱偷閒學少年（貼）咳不偷閒偷淡（旦）春香欺奴善把護春臺都猜

臧曰起句即詩家所謂發端宜難直截此頗得之

工確

做謊桃源（貼）敢胡言這是夫人命道春多刺繡宜添線潤逼鑪香好膩箋（旦）還說甚來（貼）這荒園塹怕花妖木客尋常見去小庭深院（旦）知道了你好生答應夫人俺隨後便來（貼）閒花傍砌如依主嬌鳥嫌籠會罵人（下）（旦）丫頭去了正好尋夢哩

【忒忒令】那一答可是湖山石邊這一答似牡丹亭畔圍嵌雕闌芍藥芽兒淺看楊柳正垂絲看楊柳正垂絲一丟丟榆莢錢線兒春甚金錢弔

轉。呀昨日那書生將柳枝要我題咏強我歡會之時好不話長、

【嘉慶子】是誰家少俊來近遠敢迤逗這香閨去沁園便話到其間腼腆。他捏這眼奈煩也天㗖這口待酬言。

【尹令】那書生可意呵咱不是前生愛眷又素乏平生半面則道來生出現乍便今生夢見生就箇書生哈哈生生抱去眠那些好不動人春意也、

品令他倚太湖石立着咱玉嬋娟待把俺玉山推倒便日暖玉生烟輕捱欒砌轉過鞦韆畔揹着裙花展席着地怕天瞧見好一會分明美滿幽香不可言夢到正好時節甚花片兒弔下來也

荳葉黃他興心的緊嚥嚥嗚着咱香肩俺可也慢掂掂做意兒周旋慢掂掂做意兒周旋等閑間把一箇照人兒昏善那般形現那般軟綿怎一片撒花心的紅葉怎一片撒花心的紅葉撢

妙極

將來半天。敢是咱香魂兒亂纏。咳，尋來尋去，都不見了。牡丹亭、芍藥闌，怎生這般淒涼冷落，杳無人跡，好不傷心也。

【玉交枝】是這等荒涼地面，沒多半庭臺靠邊。好是咱瞇⿰目奚色眼尋難見。明放着白日青天，猛教人抓不到魂夢前。霎時間恍惚如活現，打方旋再得俄延，呀，是這答兒壓黃金釧匾。要再見那書生呵，

【月上海棠】怎賺騙，依稀想像人兒見。那來時荏

偏戀這酸物

再去也。遷延。纔一轉。那雨跡雲蹤還重會。敢花
園柳轉凝睛看陽臺一座霎時更變再消停一
番【望科】呀忽然大梅樹一株梅子磊磊可愛
【么令】偏則他暗香清遠傘兒般蓋的周全趁芳
菲細雨斜飛翠葉兒密連葱酸黃暗風慢擺苦
仁兒撒圓愛煞這晝陰便再得到羅浮夢邊罷
了這梅樹依依可人我杜麗娘若死後得葬於
此幸矣
【江兒水】驀地心縈繾梅樹邊這般花花艸艸由

人戀生生死死隨人願便悽悽楚楚無人怨待打并香魂一片陰雨梅天守的箇梅根相見（倦坐介）（貼上）佳人拾翠春亭遠侍女添香午院清咳小姐走乏了梅樹下打盹

【川撥棹】你遊花院怎靠着梅樹偃（旦）一時間望眼連天一時間望眼連天忽忽地傷心自憐（泪科）（合）知怎生情悵然知怎生泪暗懸（貼）小姐甚意兒

又（旦）春迎面整相看無一言我待要折柳枝問那

慘然

此等情景無論他人不能道即臨川放筆後恐亦不能再得

蒼天。折柳枝。問那。蒼天。俺悔當初。怎題素箋（貼）這句話怎麼說、春香卻猜不來、（合前）（貼）去罷、（旦）作行又住科

（又）我幾度徘徊口懶言（內鳥啼科）試聽、啼、聲、春、暮、天、難道我再到這亭園難道我再到這亭園則掙的箇長眠和短眠（合前）（貼）到了和小姐看奶奶去、罷了、

（意不盡）軟、怡、怡、剛、扶、到、畫、闌、偏、報、堂、上、夫、人、穩、便。咱杜麗娘呵、少不得樓上花枝也則是照獨

眠

武陵何處訪仙郎　只怪遊人思易忘
從此時時春夢裡　一生遺恨係心腸

集唐

第十三齣　訣謁

杏花天【上生】雖然是飽學名儒，腹中饑，崢嶸脹氣。夢魂中紫閣丹墀，猛擡頭，破屋半間而已。蛟龍失水硯池枯，狡兎騰天筆勢孤。百事不成眞畫虎，一枝難穩又驚烏。我柳夢梅在廣州學裡也，是箇數一數二的秀才，搢了些數伏數九的日

子於今藏身荒圃寄口髯奴思之思之惶愧惶愧想起韓友之談不如外縣傍州尋覓活計正是家徒四壁求楊意樹少千頭愧木奴老圃公那裡

〔淨扮郭駝上〕

〔字字雙〕前山低坬後山堆駝背牽弓射弩做人兒把勢一連十箇偌來回漏地有時跌做繡毬兒滚氣自家種園的郭駝子是也祖公公郭橐駝從唐朝柳員外來柳州我因兵亂跟隨他二十八代玄孫柳夢梅的父親流轉到廣又是若

千年矣賣果子回來看秀才去（見科）秀才讀書辛苦（生）園公正待商量一事我讀書過了廿歲並無發跡之期思量起來前路多長豈能鬱鬱居此撇柴運水多有勞累園中果樹都判與伊聽我道來

【桂花鎖南枝】俺有身如寄無人似你俺喫盡了黃淡酸醎費你老人家澆培接植你道俺像甚的來鎮日裡似醉漢扶頭甚日的和老跎伸背自株守教怨誰讓荒園你存濟

跎上發揮極趣

此秀才頂門針也

（淨又）俺橐駞風味種園家世（揖科）不能勾展脚伸腰也和你鞠躬盡力秀才你貼了俺果園那裡去（生）乍食三飡不如走空一棍（淨）怎生叫做一棍（生）混名打秋風呢（淨）咳你費工夫去撞府穿州不如依本分登科及第（生）你說打秋風不好茂陵劉郎秋風客到大來做了皇帝（淨）秀才不要舉今弔古的你待秋風他道你滕王閣風順隨則怕魯顏碑響雷碎（生）俺干謁之興甚濃休的阻當（淨）也整理些衣服去

臧曰以霧濛花如雲漏月此語置詩餘中不復辨誰謂臨川非詞曲手乎

【尾聲】把破衫衿徹骨捲挑洗。(生)學干謁黃門一布衣。(淨)秀才則要你衣錦還鄉俺還見的你。

(生)此身飄泊苦西東　(淨)笑指生涯樹樹紅

(生)欲盡出遊那可得　(淨)秋風還不及春風

第十四齣　寫真

【齊破陣】(旦)徑曲夢迴人杳閨深珮冷魂銷似霧濛花如雲漏月一點幽情動早。(貼)怕待尋芳迷蛺蝶倦起臨粧聽伯勞春歸紅袖招。(旦)【醉桃源】不遂人事意相關牡丹亭夢殘(貼)斷腸春色在眉彎倩誰臨遠山〔旦〕排恨疊怯衣單花枝紅淚彈〔合〕蜀粧晴雨畫來難高唐雲影間〔貼〕小姐你自花園遊後寢食悠悠敢爲春傷頓成消瘦春香愚不諫賢那花園以後再不可行走了〔旦〕你怎知就裡這是春夢暗隨三月景曉寒瘦減一分花〔正低科〕

刷子序犯春歸恁寒悄都來幾日意懶心喬竟妝成花翠薰香獨坐無聊逍遙怎刻盡助愁芳艸甚法兒點心苗真情強笑爲誰嬌淚花兒打

迸着夢魂飄

【朱奴兒犯】〔貼〕小姐你熱情兒如何打熬冷淚兒幾曾乾燥這兩度春遊緊亂着禁不的燕抄鶯鬧你自窨約敢夫人見瞧再愁煩十分容貌怕不上九分瞧〔旦作驚科〕咳聽春香言語俺麗娘瘦到九分九了俺且鏡前一照委是如何〔作照鏡悲科〕哎也俺往日艷冶輕盈奈何一瘦至此若不趂此時自行描畫流在人間一旦無常誰知西蜀杜麗娘有如此之美貌乎春香取素絹

丹青、看我描画、【貼下取絹筆上】三分春色描來易、一段傷心画出難、絹幅丹青、俱已齊備、【旦泣】【私】杜麗娘二八春容怎生便是杜麗娘自描也呵

【普天樂】這些時把少年人如花貌不多時憔悴了、不因他福分難銷、好紅顏粉老花憔、論絕色今偏少等、把風光丟抹早。打滅起離魂舍欲火三焦、排列着昭容閣文房四寶、描画將西子湖眉月雙高。

【雁過聲】（照鏡嘆科）輕綃、把鏡兒擎掠、輕提筆尖還細描、閒、和嬌影、相、評度。你嫩臉兒恁喜謔、待雲鬟翠裊、唇點櫻桃、這眉稍青未了箇中人全在秋波妙、可可的淡、春山鈿翠小。

【傾盃序】（貼）含嬌淡東風立細腰、豐嫩色還宜笑、（旦）謝、半點江山。三分門戶。一種人才的的丰標。撚青梅閒嗅。倚湖山夢曉。對垂楊風裊忒苗條。斜添他幾葉翠芭蕉春香燈起來可廝像也、

【玉芙蓉】（貼）丹青女易描真色人難學似空花水

月。影子相撩。〔旦喜科〕画的來可愛人也。咳情知画到中間好。再有似生成別樣嬌。〔貼〕只少一個姐夫在身傍、若是因緣早、把風流壻招、少甚麼美夫妻圖画在碧雲霄。〔旦〕春香咱不瞞你、花園遊玩之時、咱也有箇人兒。〔貼驚科〕小姐怎的有這等方便呵。〔旦〕夢裡、

〔山桃犯〕有一人曾同笑、待想像生描着、再消詳邈入其中妙、則女孩家怕漏洩風情稿。這春容呵似孤秋片月離雲嶠、甚蟾宮貴客傍的雲霄。

語似太直

春香記起來了那夢裡書生曾折柳一枝贈我此莫非他日所適之夫姓柳乎故有此警報耳偶成一詩暗藏春色題於幀首之上何如(貼)却好(旦)題吟科近覩分明似儼然遠觀自在若飛仙他年得傍蟾宫客不在梅邊在柳邊放筆歎科春香也有古今美女早嫁了丈夫相愛替他描模画樣也有美人自家寫照寄與情人似我杜麗娘寄誰呵

尾犯序心喜轉心焦喜的明妝儼雅仙佩飄颻

則怕呵把俺色淺年深當了箇金屋藏嬌、虛勞寄春容教誰淚落、做真真無人喚叫、（泪科）堪愁天精神出現留與後人標、春香悄悄喚花郎分付他（貼叫科）（丑扮花郎上）秦宮一生花底活崔徽不似卷中人小姐有何分付（旦）這一幅行樂圖向行家裱去叫人家收拾好些、

【鮑老催】圖成行樂、天生本色人兒妙、誰家勒美能裝裱、要練花綃、簾兒瑩、邊闌小、教他有人問着休胡嘌、風吹日炙、懸襯的好、休把巧丹青輕

臧曰凡唱尾聲末句昆人喜用低調獨海塩則高揭之如此尺尤不可不用昆調也

末三句真是雜語

淀了（丑）小姐裱完了安奉在那裡、

尾聲（旦）儘香閨賞玩無人到、（貼）這形模則合掛巫山廟、（合）又怕為雨為雲飛去了

集唐　眼前珠翠與心違　却向花間痛哭歸
好寫妖嬈與教看　令人評泊画楊妃

第十五齣　虜諜

一枝花（淨扮番王引衆上）天心起滅了遼、世界平分了趙靜鞭替了胡笳、哨擂鼓鳴鐘、看文武班齊到、骨碌碌南人笑、則箇鼻凹兒蹺、臉皮兒皺、毛梢

兒[illegible]、萬里江山萬里塵、一朝天子一朝臣俺北地怎禁沙日月、南人偏占錦乾坤、自家大金皇帝完顏亮是也、身爲夷虜、性頗風騷、俺祖公阿骨都搶了南朝天下、趙康王走去杭州、今又二十餘年矣、聽得他粧點杭州、勝似汴梁風景、一座西湖、朝歡暮樂、有箇曲兒、說他三秋桂子、十里荷花、便待起兵百萬、吞取何難、兵法虛虛實實、俺待用箇南人爲我鄉道、喜他淮揚賊漢李全、有萬夫不當之勇、他心順滔於俺、俺先封他

二犯江兒水原是南調今人皆以北唱臨川亦云乎

為溜金王之職、限他三年内招兵買馬、騷擾淮揚地方、相機而行、以開征進之路、哎喲、俺巴不到西湖上散悶兒也、

【北二犯江兒水】平分天道、雖則是平分天道、高頭偏俺照、俺司天臺標着那南朝、標着他那答兒好、(衆)那答裡好、(淨笑科)你說西子怎嬌嬈、向西湖上放桂橈、(衆)西湖有俺這南海子、非海子大麼、(淨)周圍三百里、波上花搖、雲外香飄、無明夜錦笙歌圍醉遶、(衆)萬歲爺、借他來耍耍、(淨)巴

潛遣画工、偷將他全景來了、那湖上有吳山第一峯、画俺立馬其上、俺好不狠也、吳山最高、俺立馬在吳山最高、江南低小、也看見了江南低小、【舞科】俺怕不占場兒砌一箇錦西湖上馬嬌（衆）奏萬歲爺、怕急不能勾到西湖、何方駐馬、

【北尾】（淨）呀急切要画圖中匹馬把西湖哨且遮、遮、的看花向落陽道我呵少不的把趙康王剩水殘山都占了、

集唐　綠大長江扇大天　旌旗擾拂鴈行偏

可勝飲盡江南酒　交割山川直到燕

朱舜水談綺 八 二卷

臧曰別人家七子團圓一個女兒厮病如此等句似淺然必非吳人所能

第十六齣　詰病

【登樂】（老旦上）今生怎生偏、則是紅顔薄命、眼見的孤苦仃俜（泣科）掌上珍心頭肉、淚珠兒暗傾、天呵偏人家七子團圓、一箇女孩兒厮病、【清平樂】如花嬌怯、合得天饒借、風雨於花生分劣、作意十分淩藉、　止堪深閣重簾、誰教月榭風簷、我髮短迴腸寸斷、眼昏眵淚雙淹、老身年將半百、單生一女麗娘、因何一病、起倒半年、看他舉

止容談不似風寒暑濕中間緣故春香必知則
問他便了春香賤才那裡（貼上）有哩我眼裡不
逢乖小使掌中擎着箇病多嬌得知堂上夫人
召賸酒殘脂要咱消春香叩頭（老）小姐閒常好
好的纔着你賤才伏事他不上半年偏是病害
可惱可惱且問你近日茶飯多少
【駐馬聽】（貼）他茶飯何曾所事兒休提叫懶應看
他嬌啼隱忍笑譫迷廝睡眼懵憕（老）早早稟請
太醫了（貼）則除是八法針針斷軟綿情怕九還

喊曰句佳

丹丹不的腌臢證（老）是甚麼病（貼）春香不知道他一枕秋清怎生還害春前嬌病（老嘆科）怎生了

（又）他一搦身形瘦的龐兒沒四星都是小奴才逗他大古是烟花惹事鶯燕成招雲月知情賤才還不跪取家法來（貼跪科）春香實不知（老）因何瘦壞了玉傳停你怎生觸損了他嬌情性（貼）小姐好好的拈花弄柳不知因甚病了（老惱打貼科）打你牢承骨稜使嘴胡來遮映（貼）夫人休

閃了手、容春香訴來、便是那一日遊花園回來、
夫人撞到時節、說箇秀才手裡拈的柳枝兒、要
小姐題詩、小姐說這秀才素昧平生、也不和他
題了、（老）不題罷了、後來、（貼）後來那、那、那、秀才就
一拍手、把小姐端端正正、抱在牡丹亭上去了、
（老）去怎的、（貼）春香怎得知、小姐做夢哩、（老驚科）
是夢麼、（貼）是夢、（老）這等着鬼了、快請老爺商議、
（貼請科）老爺有請、（外上）肘後印嫌金帶重、掌中
珠怕玉盤輕、夫人女兒病體因何、（老泣科）老爺、

聽我講、〔又〕說起心疼、這病知他是怎生、看他長、眠、短、起。似、笑、如、啼。有、影、無、形。原來女兒到後花園遊了、夢見一人、手執柳枝、閃了他去、〔作嘆科〕怕腰身、觸污了柳精靈。虗囂側犯、了花神聖、老爺呵、急與禳星、怕流星趕月、相刑廝迸、〔外〕却原來我請陳齋長教書、要他拘束身心、你爲母親的、到縱他閑遊、〔笑科〕則是些日炙風吹、傷寒流轉、便要禳解、不用師巫、則叫紫陽宮石道婆、喞些經卷可矣古語云信巫不信醫一不治也我已請過陳齋長看他脈息去了(老)看甚脈息若早有了人家敢沒這病(外)咳古者男子三十而娶女子二十而嫁女兒點點年紀知道箇甚麽呢(又)忒恁憨生一箇娃兒甚七情則不過往來潮熱大小傷寒急慢風驚則是你爲母的呵真珠不放在掌中擎因此嬌花不奈這心頭病(泣科)(合)兩口丁零告天天半邊兒子是咱全家之命(丑扮院公上)人來大庾嶺船去鬱孤臺稟老爺

有使客到、

〔尾聲〕（外）俺爲官公事有期程、夫人好看惜女兒身命、少不的人、向、秋風、病、骨、輕。（下）〔老吊場科〕無官一身輕、有子萬事足、我看老相公則爲往來使客、把女兒病都不瞧、好傷懷也、〔泣科〕想起來、一邊叫石道婆禳解、一邊陳教授下藥、知他效驗如何、正是世間只有娘憐女、天下能無卜與醫、（下）

第十七齣　道覡

風入松【淨扮老道姑上】人間嫁娶苦奔忙，也只爲理有陰陽。問天天從來不具人身相，屈指有四句之上。没來由男妝道妝，如人世夢黃粱。【集唐】紫府空歌碧落寒，竹石如山不敢安。長恨人心不如石，每逢佳處便開看。貧道紫陽宮石仙姑是也。俗家原不姓石，則因生爲石女，爲人所棄，故號石姑。思想起來，要還俗，百家姓上有俺一家。論出身，千字文中有俺數句。天呵，非是俺求古尋論，恰正是史魚秉直。俺因何住在這樓觀飛鷺。

只是一部千字文便成天花亂隊與他曲套語可廢不同晉狀又去之何耶

打幷的勞謙謹勅看修行似福緣善慶論因果是禍因惡積有甚麼榮業所基幾輩兒林皐幸郎生下俺形端表正那些性靜情逸大便孔似園莽抽條小淨處也渠荷滴瀝只那些兒正好又着口鉅野洞庭偏和你滅了縫兒池碣石雖則石路上可以路俠槐卿石田中怎生我藝黍稷難道嫁人家空谷傳聲則好守娘家孝當竭力可奈不由人諸姑伯叔聒噪俺入奉母儀母親說你內才兒雖然守貞志滿外像兒毛施淑

婆是人家有箇上和下睦偏你石三姐沒箇夫
唱婦隨便請了箇有口齒的媒人信使可覆許
了箇大鼻子的女壻踹欲難量則見不多時那
人家下定了說道撰擇了一年上日月盈昃配
定了八字兒辰宿列張他過的禮金生麗水俺
上了轎玉出崑岡遮臉的紈扇圓潔引路的銀
燭煒煌那新郎好不打扮的頭直上高冠陪輦
咱新人一般排比了腰兒下束帶矜莊請了些
親戚故舊半路上接盃舉觴請新人升階納陛

叫女伴們侍巾帷房。合巹約絃歌酒讌。撒帳的詩讚羔羊。把俺做新人嘴臉兒一寸寸鑑貌辨色。將俺那寶妝奩一件件都寓目囊箱早是二更時分新郎緊上來了替俺說俺兩口兒活像鳴鳳在竹。一時間就要白駒食場。則見被窩兒蓋此身髮。燈影裡覷盡了這幾件乃服衣裳。天呵瞧。了他那驢騾犢特教俺好一會悚懼恐惶那新郎見我害怕說道新人你年紀不少了閨餘成歲俺可也不使狠和你慢慢的律呂調陽。

俺聽了、口不應、心兒裡笑着、新郎新郎、任你矯

手。頓。足。你。可。也。靡。恃。巳。長。三更四更了、他。則。待。

陽。臺。上。雲。騰。致。雨。怎。生。巫。峽。內。露。結。爲。霜。他。一

時摸不出路數兒、道是怎的快、敢亮來側着腦、

要右通廣內。踏着眼、在藍筍象床、那時節俺口。

不說心、下好不冷笑、新郎新郎、俺這件東西則

許。你。徘。徊。瞻。眺。怎。許。你。適。口。充。腸。如此者幾度

了、惱的他氣不分的嘴、勞叨俊又客匆、累的他

鑿不竅皮混沌的、天地玄黃。和他鏖夜價則是

寸陰是競。待講起醜煞那廝。耳垣牆。幾番待懸
梁、待投河、免其捐斥。若還用刀鑽、用線藥、豈敢
毀傷。便揣做越了交、索居閒處。甚法兒、取他意
悅豫且康。有了有了、他沒奈何央及煞後庭花、
背却面洛。俺也則得且隨順乾荷葉、和他秋收
冬藏。哎喲、對面兒做的箇女慕貞潔轉腰兒到
做了男效才良。雖則暫時間、釋紛利俗。畢竟意
情兒、四大五常。要留俺怕悞了他嫡後嗣續。要
嫁了俺、怕人笑飢厭糟糠。這時節俺也索勸他

了官人官人少不得請一房妾御纘紡省你氣
那烏官人皇俺情願推位讓國則要你得能莫
怠後來當眞討一個了沒多時做小的寵增抗
極反撚去俺爲正的率賓歸王不怨他只省射
譏誠出了家罷俺則垂拱平章若論這道院裡
昔年也不甚宮殿盤鬱到老身纔開闢了宇宙
洪荒画眞武劍號巨闕步北斗珠稱夜光奉香
供果珍李柰把齋素菜重芥薑世間味識得破
海鹹河淡人中網逃得出鱗潛羽翔俺這出了

家呵把那幾年前做新郎的臭粘涎骸垢想浴。將俺即世裡做老婆的乾柴火熱熱願涼。則可惜做觀主遊鸛獨運。也要知觀的顧荅審詳。赴會的都要具膳飡飯。行脚的也要老少異糧。怎生觀中再沒箇人兒也。都則是沉默寂寥。全不會戕牒簡。要俺老將來年矢每。催鏡兒裡膴䰰環照。硬酡不上仕女圖馳譽丹青。也要接的着仙眞傳堅持雅操。懶雲遊東西二京。端一味坐朝問道。女冠子有幾個同氣連枝。騷道士不與他工顰妍笑。怕了他暗地虎、布射遼丸。則守着寒水魚、釣巧任釣。使喚的只一個猶子比兒。叫做癩頭黿、愚懞等誚。（内）姑娘駡俺哩、俺是箇妙人兒、（净）好不羞、殆辱近耻。到誇獎你並皆佳妙。（内）杜太爺皁隸拿姑娘哩、（净）爲甚麽、（内）説你是個賊道、（净）咳便道那府牌來、杜藁鍾隸。把俺做女妖看誅斬賊盗。俺可也散慮逍遥。不用你這般虛輝晃耀。（丑扮府差上）承差府堂上、提名仙觀中、（相見科）（净）府牌哥爲何而來、

〔大迓鼓〕（丑）恩官坐大堂、夫人傳示、衙內敲梆知他小姐年多長、染成一疾半年光、（淨）俺不是女科、（丑）請你修齋、還須保禳、（又淨）俺仙家有禁方、靈符小小帶在身傍、教他刻下人無恙、（丑）有這等靈符、快行動些、（行科）（淨）叫童兒、（內應科）（淨）好教看守臥雲房、殿上無人隄防燭香、（內）知道了、

（淨）紫微宮女夜焚香　（丑）古觀雲根路已荒

集唐（淨）猶有眞妃長命縷　（丑）九天無事莫推[忄坐]

第十八齣　診祟

【一江風】（貼扶病旦上）病迷厮爲甚輕憔悴打不破愁
魂謎夢初回燕尾翻風亂颭起湘簾翠春歸是
幾時春歸是幾時花容積漸擢井梧聲刮的我
心兒碎【行香子】（旦）春香呵我楚楚精神葉葉腰
身能禁多病逡巡（貼）你星星措與種種生成有
許多嬌許多韵許多情（旦）咳咱弄梅心事那折
柳情人夢淹漸暗老殘春（貼）正好簞爐香午枕
扇風清知爲誰顰爲誰瘦爲誰疼（旦）春香我自

春遊一夢臥病如今不痒不疼如痴如醉知他怎生【貼】小姐夢兒裡事想他則甚【旦】你叫我怎生不想呵

【金落索】貪他半晌痴賺了多情泥待不思量怎不思量得就裡暗銷肌怕人知嫩的腔腔嫩喘微吱喲我這慣淹煎的樣子誰憐惜自噤窨的春心怎的支心兒悔悔當初一覺睡春閨【貼】老夫人替小姐沖喜【旦歎科】信他沖喜空爲到的年時敢犯殺花園內

（又）（貼）看他春歸何處歸、春睡何曾睡、氣息絲兒怎度的、長天日。把心兒捧湊眉、病西施、小姐你做瀉倒巫雲在楚峽飛。病來只送的箇虛虛的。夢去知他實實誰。全無謂。把單相思害得忒支離。又不是春困天時中酒心期、魆魆地常如醉。（末）（上）日下晒書嫌鳥跡、月中搗藥要蟬酥、我陳最良承公相命來診視小姐脉息、到此後堂、不免打叫一聲、春香賢弟有麽、（貼見科）是陳師父、小姐睡哩（末）免驚動他我自進去、（見科）小姐、（旦）作驚科誰（貼）陳師父哩、（旦）起扶科（旦）師父、我學生患病久失敬了、（末）學生學生、古書有云學精于勤荒于嬉、你因後花園傷風月感下這疾荒廢書工、我為師的在外、寢食不安、幸喜老公相請來看病也、不料你清減到此、似這般樣幾時能勾起來讀書、早則端陽節哩、（貼）師父端節有你的（末）我說端陽難道要你種子、望聞問切、我且問你病症因何、（貼）師父問甚麼、只因你講毛詩、這病是君子好逑上來的、（末）是那一位君子、

臧曰陳教授下藥多引毛詩或以爲詼諧甚非末躲不知戲中往往用非收科凡曰詩起病即按詩定方與正老學究事又何疑焉

（貼）知他是那一位君子、（末）這般說、毛詩病用毛詩去醫、那頭一卷、就有女科聖惠方在裡、（貼）師父可記的毛詩上方兒、（末）便依他處方、小姐害了君子的病、用的史君子、毛詩、既見君子、云胡不瘳、這病有了君子抽一抽就好了、（旦羞科）哎喲、（貼）還有甚藥、（末）酸梅十箇、詩云、標有梅、其實七兮、又說其實三兮、三箇打七箇是十箇、此方單醫男女過時思酸之病、（旦嘆科）（貼）還有呢、（末）天南星三箇、（貼）可少、（末）再添些、詩云、三星在天、

專醫男女及時之病、（貼）還有呢、（末）我看小姐一
肚子火、你可抹淨一箇大馬桶、待我用梔子仁
當歸瀉下他火來、這也是依方、之子于歸、言秣
其馬。（貼）這馬不同那其馬、（末）一樣髀鞦窟洞下、
（旦）好箇傷風切藥陳先生、（貼）做、了、按、月、通、經、陳
媽、媽、（旦）師父不可執方、還是診脈爲穩、（末看脈
錯按旦手背科）（貼）師父討箇轉手、（末）女人反此
背看之、正是王叔和脈訣也罷、順手看是、（診科）
咳、小姐脈息、到這箇分際了、

晉叔每不滿臨川南曲亦魯見此等句不

（又）他人才忒整齊、脉息恁微細、小小香閨、爲甚傷憔悴、（起）（科）春香可、似他這傷春怯夏肌、好扶持、怕容易悲秋病怎支、小姐我去叫藥來、（旦）嘆（科）師父少、不得情栽了竅髓針難入病朶在烟花你藥怎知、（泪）（科）承尊覷、何時何日來看這女顏回（合）病中身怕的是驚疑、休得要驚疑、且將息休煩絮、（旦）師父且自在、送不得你了、可曾把俺八字推筭麽、（末）筭來要過中秋好、當生止有八箇字、起死曾無三世醫、（下）（貼）一箇道姑走來了〔淨上〕不聞弄玉吹簫去又見嫦娥竊藥來自家紫陽宮石道姑便是承杜老夫人呼喚替小姐禳解〔見貼科〕〔貼〕姑姑爲何而來〔淨〕吾乃紫陽宮石道姑承夫人命替小姐禳解不知害的甚病〔貼〕尷尬病〔淨〕爲誰來〔貼〕後花園耍來〔淨舉三指貼搖頭科〕〔淨舉五指貼又搖頭科〕〔淨〕咳你說是三是五與他做主〔貼〕你自問他去〔淨見科〕小姐小姐道姑稽首那〔旦作驚科〕那裡道姑〔淨〕紫陽宮石道姑夫人有召替小姐保禳閙說小姐

在後花園着魅我不信、
〔又〕你星星的怎着迷設設的渾如魅、〔旦作魘語
科〕我、的、人、那、〔淨背科〕你聽那唸唸呢呢作的風
風勢、是了、身邊帶有箇小符兒、〔旦取釵掛小符
作呪科〕赫赫揚揚、日出東方、此符屏却惡夢、辟
除不祥、急急如令敕、〔拆釵科〕這釵頭小篆符、眠
坐莫教離、把野夢閑神遠避迴、〔旦醒科〕這符敢
不中用、我那人可、須不是依、花、附、木、廉、纖、鬼。咱
做的弄、影、團、風、抹、媚、痴。〔淨〕再痴時、請箇五雷打

他（旦）些兒意正待攜雲握雨。你却用掌心雷。（合）病中人多半是痴迷、要不痴迷、迴笑臉、揩香淚（淨）還分明說與起箇三丈高兜旛兒、（旦）待說箇甚麼子好、

【尾聲】依稀則記的箇柳和梅、姑姑你也不索打符椿掛竹枝、則待我冷思量一星星兜向夢兒裡（貼扶旦下）

（貼）緣慘雙娥不自持（淨）道家粧束壓禳時

集唐

（旦）如今不在花紅處（合）爲報東風且莫吹

第十九齣　牝賊

【北點絳唇】（淨扮李全引衆上）世擾羶風家傳雜種刀兵動這賊英雄比不的穿牆洞　野馬千蹄合一羣眼看江海盡風塵蕃兒學得胡兒語又替胡兒罵漢人自家李全是也本貫楚州人氏身有萬夫不當之勇南朝不用去而爲盜以五百人出沒江淮之間正無歸着所幸大金皇帝遙封我爲溜金王央我騷擾淮揚看機進取奈我多勇少謀所喜妻子楊氏娘娘能使一條梨花鎗萬

人無敵夫妻上陣大有威風則是娘娘有些喫醋但是擄的箇婦人都要送他帳下便是軍士們都只畏懼他正是山妻獨霸蛇吞象海賊封王蛇變龍（丑扮楊婆持鎗上）

【番卜算】百戰惹雌雄血賺燕支重（舞科）一枝鎗灑落花風點點黎花弄（見舉手科）大王千歲奴家介冑在身不拜了（淨）娘娘你可知大金皇帝封我做溜金王（丑）怎麼叫做溜金王（淨）溜者順也（丑）封你何事（淨）央我騷擾淮揚三年待他兵

糧齊集、一舉渡江滅了、趙宋、那時還封我為帝
哩(丑)有這等事、恭喜了、借此號令、買馬招軍、
〔六么令〕如雷喧鬨、緊轅門画鼓鼕鼕、哨尖兒飛
過海雲東、(合)好男女坐當中、淮揚草木都驚動、
〔又〕聚糧收衆、選高蹄戰馬青驄、閃盔纓斜簇玉、
釵紅、(合前)

集唐

犖雄競起向前朝　折戟沉戈鐵未消

平原好牧無人放　白艸連天野火燒

第二十齣　鬧殤

金瓏璁（貼上）連宵風雨重、多嬌多病愁中、仙少效藥無功、䩚有爲䩚、笑有爲笑、不䩚不笑、哀哉年少、春香侍奉小姐、傷春病到深秋、今夕中秋佳節、風雨蕭條、小姐病轉沉吟、待我扶他消遣、正是從來雨打中秋月、更值風搖長命燈、（下）（貼扶病旦上）

鵲橋仙　拜月堂空、行雲徑擁、骨冷怕成秋夢、世間何物似情濃、整一片斷魂心痛、（旦）枕函敲破漏聲殘、似醉如呆死不難、一段暗香迷夜雨、十

分清瘦怯秋寒春香病境沉沉不知今夕何夕

（貼）八月半了（旦）哎也是中秋佳節哩老爹奶奶都爲我愁煩不曾玩賞了（貼）這都不在話下了

（旦）聽見陳師父替我推命要過中秋看看病勢轉沉今宵欠好你爲我開軒一望月色如何（貼）開窻旦望科

【集賢賓】（旦）海天悠問冰蟾何處湧看玉杵秋空憑誰竊藥把嫦娥奉甚西風吹夢無蹤人去難逢須不是鬼挑神弄在眉峰心坎裡別是一般

疼痛。（旦悶科）

（又）（貼）甚春歸無端厮和哄。霧和烟雨不玲瓏。算來人命關天重。會消詳直恁匆匆。爲着誰儂俏樣子。等閑拋送。待我謊他姐姐月上了。月輪空。敢蘸破你一床幽夢。（旦望嘆科）輪時盼節想中秋。人到中秋不自由。奴命不中孤月照。殘生今夜雨中休。（嘆科）

（又）你便好中秋月兒誰受用。翦西風淚雨梧桐。楞生瘦骨加沉重。趲程期是那天外哀鴻。艸際

寒、蛩。撒、剌、剌、紙、條、牕、縫。（旦作驚昏科）冷、鬆、鬆。軟、
兀、刺、四、稍、難、動。（貼驚科）小姐冷厥了、夫人有請、
（老旦上）百歲少憂夫主貴、一生多病女兒嬌、病
體怎生了、（貼）奶奶、欠好欠好、（老旦）可怎了、
（又）不隄防你後花園閒夢銃、不分明再不惺忪、
睡、臨、侵、打、不、起、頭、稍、重。（泣科）恨不呵早早乘龍、
夜夜孤鴻活、害、殺、俺翠、娟、娟、雛、鳳、一、塲、空。是這
荅裡把娘兒命送、
（囀林鶯）（旦醒科）甚、飛、絲、纏、的、陽、神、動、弄。悠、揚、風、

馬丁冬〔泣科〕娘拜謝你了〔拜跌倒科〕從小來覷的千金重不孝女孝順無終娘呵此乃天之數也當今生花開一紅願來生把萱椿再奉〔衆泣科〕〔合〕恨西風一霎無端碎綠摧紅〔又〕〔老旦〕並無兒蕩得箇嬌香種繞娘前笑眼歡容但成人索把俺高堂送恨天涯老運孤窮兒呵暫時閒年冲月空好將息你這心煩意冗〔合前〕〔旦〕娘你女兒不幸作何處置〔老旦〕奔你回去也兒〔旦泣科〕

【玉鶯兒】旅襯夢魂中。盼家山千萬重。（老旦）便遠
也去。（旦）是不是聽女孩兒一言。這後花園中一
株梅樹兒心所愛。但葬我梅樹之下可矣。（老旦）則
這是怎的來。（旦）做不得病嬋娟桂窟裏長生。則
分的粉骷髏向梅花古洞。（老旦泣科）看他強扶
頭淚濛。冷淋心汗傾。不如我先他一命無常用。
（合）恨蒼穹妒花風雨偏在月明中。（老旦）還去與
爹講。廣做道場也。兒。銀蟾謾搗君臣藥。紙馬重
燒子母錢。（下）（旦）春香咱可有回生之日否。（嘆科）

臧曰予謂麗娘衷情有不淂不語春香者臨川此曲淂之

〔又〕你生小事依從。我情中你憶中。春香你小心奉侍老爹奶奶〔貼〕這是當的了〔旦〕春香我記起一事來我那春容題詩在上外觀不雅葬我之後盛着紫檀匣兒藏在太湖石底〔貼〕這是主何意兒〔旦〕春香有心靈翰墨春容。倘直着那人知重。〔貼〕姐姐寬心你如今不幸孤墳獨影肯將息起來稟過老爺但是姓柳姓梅秀才招選一箇來同生同死可不美哉〔旦〕怕等不得了哎喲哎喲〔貼〕這病根兒怎攻。心上醫怎逢。〔旦〕春香我亾

極得兒女
子態

後你常向我靈位前叫喚我一聲兒（貼）他一星
星說向咱傷情重。（合）前（旦）昏科（貼）不好了不好
了老爺和奶奶快來快來（外老旦上）
（憶鶯兒）鼓三鼕愁萬重冷雨幽牕燈不紅。聽侍
兒傳言女病凶（貼泣科）我的小姐小姐（外老旦
（同泣科）我的兒呵我的兒呵你捨的命終拋的
我老窮當初只望把爹娘送（合）恨匆匆萍蹤浪
影風翦了玉芙蓉。（旦作醒科）（外）兒快甦醒兒爹
在此（旦作看外科）哎喲爹爹扶我中堂去罷（外）

憾曰結甚平二然爲後日還魂地非此等句不可

扶你也兒（扶科）

【尾聲】（旦）怕樹頭樹底不到五更風和。俺小墳邊立斷腸碑一統。爹今夜是中秋（外）是中秋也兒（旦）怎禁得一夜雨（嘆科）怎能勾月落重生花再紅。（並下）（貼哭走上）我的小姐小姐呵天有不測之風雲人有無常之禍福我小姐一病傷春死了也痛殺我家爺我家奶奶列位看官們怎了也待我哭他一會小姐呵

【紅衲襖】再不叫咱領頭香心自燒再不叫咱把

剔花燈紅泪繳再不叫咱拈花側眼調歌鳥再不叫咱轉鏡移肩和他點絳桃想着你夜深深放剪刀曉清清臨画稿提起那春容被老爺看見了怕奶奶傷情分付殉了葬罷俺想起小姐臨終之言依舊向湖山石兒靠也怕等得箇拾翠人來把画粉銷老姑姑也來了（淨上）你哭的好我來幫你春香姐

（又）再不叫你暖朱唇學弄簫（貼）爲此（淨）再不和你蕩湘裙閑鬬艸（貼）便是（淨）小姐不在春香姐

也鬆泛多少（貼）怎見得（淨）再不要你冷温存熱絮叨再不要你夜眠遲朝起的早（貼）這也慣了（淨）還有省氣力所在雞眼睛不用你做嘴兒挑馬子兒不用你隨鼻兒倒（貼）啐（淨）還一件小姐青春有了沒時間做出些兒也那老夫人可少不的把你後花園打折腰（貼）休胡說老夫人來也（老旦哭科）我的親兒

（又）每日價遶娘身有百千遭並不見你向人前輕一笑他背熟的班姬四戒從頭學不要得孟

戚曰坐公堂冤業報較不似老倉公多女好語皆作家

母三遷把氣淘也愁他軟苗條忒恁嬌誰料他病淹煎眞不好【哭科】從今後誰把親娘叫也一寸肝腸做了百寸焦【老旦悶倒】【貼驚叫科】老爺痛殺了奶奶也快來快來【外哭上】我的兒也呀原來夫人悶倒在此

【又】夫人不是你坐孤辰把子宿囂則是我坐公堂冤業報較不似老倉公多女好撞不着賽盧醫他一病蹺天天似俺頭白中年呵便做了大家緣何處消見放着小門楣生折倒夫人你且

自保重、便作、你寸腸千斷了、也。則怕女兒呵、他
望帝魂歸不可招。（丑扮院子上）人間舊恨驚鴉
去、天上新恩喜鵲來稟老爺朝報高陞、（外看報
科）吏部一本欽官事奉聖旨金寇南窺南安府
知府杜寶可陞安撫使鎮守淮揚、卽日起程、不
得違悮、（歎科）夫人朝旨催人北往、女喪不便西
歸、院子請陳齋長講話、（丑）老相公有請、（末上）彭
殤真一壑、慶弔每同堂、（見科）（外）陳先生、小女長
謝你了、（末哭科）正是苦傷小姐仙逝、陳最良四

顧無門所嗟老相公喬遷、陳最良一發失所、(衆哭科)(外)陳先生、有事商量、學生奉旨不得久停、因小女遺言、就葬後園梅樹之下、又恐不便後官居住、已分付割取後園、改作梅花庵觀、安置小女神位、就着這石道姑焚修看守、那道姑可承應的來、(淨跪科)老道婆添香換水、但往來看顧、還得一人、(老旦)就煩陳齋長為便、(末)老夫人有命、情愿效勞、(老旦)老爺須置些祭田纔好、(外)有漏澤院二頃虛田、撥貲香火、(末)這漏澤院田、

就漏在生員身上、(淨)咱號道姑、甚收稱穀、你是
陳絕糧、漏不到你、(末)秀才口夬十一方、你是姑
姑、我還是孤老、偏不該我收糧、(外)不消爭、陳先
生收給、陳先生、我在此數年、優待學校、(末)都知
道、便是公相高陞、舊規有諸生遺愛記生祠碑、
文、到京伴禮送人爲妙、(淨)陳絕糧遺愛記、是老
爺遺于與令愛作表記麼、(末)是老公相政跡歌
謠、甚麼令愛、(淨)怎麼叫做生祠、(末)大祠宇塑老
爺像供養、門上寫着杜公之祠、(淨)這等不如就

塑小姐在傍我普同供養、（外惱科）胡說、但是舊規我通不用了、

（意不盡）陳先生、老道姑、咱女墳兒三尺暮雲高。老夫妻一言相棄、不敢望時時看守、則清明寒食、一碗、飯兒澆。

集唐　魂歸冥漠魄歸泉　便汝悠悠十八年

一叫一回腸一斷　如今重說恨綿綿

第二十一齣　謁遇

（光光乍）（老旦扮儐上）一領破袈裟、香山嶼裏巴、多生

多寶多菩薩、多多照證光光乍、小僧廣州府香山嶴多寶寺一箇住持、這寺原是番鬼們建造、以便迎接收寶官員、茲有欽差苗爺任滿、祭賽于多寶菩薩位前、不免迎接、（淨扮苗舜賓）（末扮通事）（外貼扮皂李）（丑扮番鬼全上）

（掛眞兒）半壁天南開海汊、向眞珠窟裡排衙、（僧）（接科）（合）廣利神王善財天女聽梵放海潮音下、

（淨）銅柱珠崖道路難、伏波橫海舊登壇、越人自貢珊瑚樹、漢使何勞獬豸冠、自家欽差識寶使

臣苗舜賓便是三年任滿例當祭賽多寶菩薩通事那裡（末丑見科）伽喇伽喇（老旦接科）（淨）斗通事分付番回獻寶（末）俱已陳設（淨起看寶科）奇哉寶也真乃磊落山川精熒日月多寶寺不虛名矣看香（內鳴鐘淨禮拜科）

（亭前柳）三寶唱三多七寶妙無過莊嚴成世界光彩遍娑婆甚多功德無邊闊（合）領拜南無多得寶寶多羅多多羅（淨）和尚替番回海商祝贊一番

〔又〕〔老旦〕大海寶藏多、船舫遇風波、商人持重險
路怕經過、刹那念彼觀音脱、〔合前〕
〔掛眞兒〕〔生上〕望長安西日下、偏吾生海角天涯、愛
寶的喇嘛抽珠的佛法、滑琉璃兩下難拿、自笑
柳夢梅、一貧無賴、弃家而遊、幸遇欽差寺中祭
寶、托詞進見、倘言話之間、可以打動、得其賑拔、
亦未可知、〔見外科〕〔生〕煩大哥通報一聲、廣州府
學生員柳夢梅來求看寶、〔報科〕〔淨〕朝廷禁物、那
許人觀、既係斯文、權請相見、〔見科〕〔生〕南海開珠

殿、（淨）西方捲玉門、（生）剖懷俟知己、（淨）照乘接賢人、敢問秀才以何至此、（生）小生貧苦無聊、聞得老大人在此賽寶、願求一觀、以開懷抱、（淨笑科）旣逢南土之珍、何惜西崑之秘、請試一觀、（淨引生看寶科）（生）明珠美玉、小生見而知之、其間幾種、未委何名、煩老大人一一指教、

【駐雲飛】（淨）這是星漢神沙、這是煮海金丹和鐵樹花、少什麽猫眼精光射、母碌通明差、紫、這是靺鞨柳金芽、這是温涼玉斝、這是吸月的蟾蜍

和陽燧氷盤化〔生〕我廣南有明月珠珊瑚樹〔淨〕徑寸明珠等讓他便是幾尺珊瑚碎了他〔生〕小生不遊大方之門何因覩此

〔又〕天地精華偏出在番回到帝子家稟問老大人這寶來路多遠〔淨〕有遠三萬里的至少也有一萬多程〔生〕這般遠可是飛來走來〔淨笑科〕那有飛走而至之理都因朝廷重價購求自來貢獻〔生嘆科〕老大人這寶物蠢爾無知三萬里之外尚然無足而至生員柳夢梅滿腔奇異到長

安三千里之近倒無人購取有脚不能飛重價
高懸下那市舶能奸詐嗏浪把寶船撁（淨）疑惑
這寶物欠真麼（生）老大人便是真的錢不可食
寒不可衣看他似虛舟飄瓦（淨）依秀才說何爲
真寶（生）不欺小生到是箇真正獻世寶我若載
寶而朝世上應無價（淨笑科）則怕朝廷之上這
樣獻世寶也多着（生）但獻寶龍宮笑殺他便鬬
寶臨潼也賽得他（淨）這等便好獻與聖天子了
（生）寒儒薄相要伺候官府尚不能勾怎見的聖

臧曰天子好見官府難見亦是傷時之論

天子、（淨）你不知倒是聖天子好見、（生）則三千里路費難處、（淨）一發不難、古人黃金贈壯士、我將衙門常例銀兩、助君遠行、（生）果爾小生無父母妻子之累、就此拜辭、（淨）左右取書儀看酒、【丑上】廣南愛喫荔枝酒、直北偏飛榆莢錢、酒到書儀在此、（淨）路費先生收下、（生）多謝了、【淨送酒科】

【三學士】你帶微醺走出這香山錞、向長安有路榮華、（生）無過獻寶當今駕、撒去收來再似他、（合）驟金鞭及早把荷衣掛、望歸來錦上花、

臧曰重瞳有眼蒼天瞎句佳

【又】（生）則怕呵重瞳、有眼、蒼天、瞎。似波斯賞鑒無差、（淨）由來寶色無真假、只在淘金的會揀沙、（合）前（生）告行了、

【尾聲】你贈壯士黃金氣色佳、（淨）一杯、酒酸、寒奮發、則願的你呵寶氣沖天海上槎、

（生）烏紗巾上是青天（淨）俊骨英才似儼然

集唐（生）聞道金門堪濟世（淨）臨行贈汝繞朝鞭

第二十二齣　旅寄

【搗練子】（生傘袱病容上）人出路、鳥離巢、（内風聲科）攬天

風雪夢牢騷、這幾日精神寒凍倒、香山嶴裡打
包來、三水船兒到岸開、要寄鄉心值寒歲、嶺南
南上半枝梅、我柳夢梅秋風拜別中郎、因循親
友辭餞、離船過嶺、早是暮冬、不隄防嶺北風嚴、
感了寒疾、又無掃興而回之理、一天風雪、望見
南安好苦也、
【山坡羊】樹槎牙、餓鳶驚叫、嶺迢遙、病魂孤弔、破
頭巾雹打風篩、透衣單傘做張兒哨、路斜抝、急
沒箇店兒捎、雪兒呵、偏則把白面書生冷打相

賦曰盡拚
捹命一條
滑喇沙跌
一交亦自
當行

奚落水斷無橋、步高低蹬着、好了有一株柳躝
將過去、方便處柳跎腰、（扶柳過介）虛囂儘枯楊
命一條、蹊蹺、滑喇沙跌一交、（跌介）
（步步嬌）（末）俺是箇臥雪先生沒煩惱背上驢兒
笑心知第五橋那裡開年有齋村學、（生作哎呀
科）（末）怎生來人慇語聲高、（看科）呀甚城南破瓦
窰閃下箇精寒料、（生）救人、救人、（末）我陳最良爲
求館衝寒到此、彩頭兒恰遇着弔水之人、且由
他去（生又叫科）救人、（末）聽説救人、那裡不是積

福處俺試問他〔問科〕你是何等之人、失腳在此、
〔生〕俺是讀書之人、〔末〕委是讀書之人、待俺扶起
你來、〔末扶生相跌諢科〕〔末〕請問何方至此、
〔風入松〕〔生〕五羊城一葉過南韶、柳夢梅來獻寶
〔末〕有何寶貨、〔生〕我孤身取試長安道、犯嚴寒、少
衾單病了、沒揣的逗着斷橋溪道、險跌折柳郎
腰、〔末〕你自揣高中的、方可去受這等辛苦、〔生〕不
瞞說、小生是箇擎天柱、架海梁、〔末笑科〕却怎生
凍折了擎天柱、撲倒了紫金梁、這也罷了、老夫

煩詣醫理、邊近有梅花觀、權將息、度歲而行、

【前腔】尾生般抱柱正題橋、做倒地文星佳兆、論草包似俺堪調藥、暫將息梅花觀好、（生）此去多遠、（末指科）看一樹雪垂垂如笑、牆直上繡旛飄、

（生）這等望先生引進、

集唐（生）三十無家作路人、（末）與君相見卽相親

（生）華陽洞裡仙壇上、（末）似近東風別有因

第二十三齣　冥判

【北點絳唇】（淨扮判官丑扮鬼持筆簿上）十地宣差、一天封拜、

將插作有
真是奇絕

閻浮界陽世栽埋、又把俺這裡門桯邁、自家十地閻羅王殿下一箇胡判官是也、原有十位殿下、因陽世趙大郎家和金韃子爭占江山、損折眾生十停去了一停、因此玉皇上帝照見人民稀少、欽奉裁減事例、九州九箇殿下、單減了俺十殿下之位、印無歸着、玉皇可憐見下官正直聰明、着權管十地獄印信、今日走馬到任、鬼卒夜叉兩傍刀劍、非同容易也、（丑捧筆科）新官到任、都要這筆判刑名、押花字、請新官喝采他一

番、（淨看筆科）鬼使捧了這筆、好不干係也、

混江龍這筆架在落迦山外肉蓮花高聳案前排、捧的是功曹令史識字當該、（丑）筆管兒、（淨）筆管兒呵、是手想骨、脚想骨、竹筒般剉的圓滴溜、（丑）筆毫、（淨）筆毫呵、是牛頭鬚夜叉髮、鐵絲兒揉定赤支毴、（丑）判爺上的選哩、（淨）這筆頭公是遴須國選的人才、（丑）有甚名號、（淨）這管城子在夜郎城受了封拜、（丑）判爺興哩、（淨作笑舞科）肅一聲支兀另漢鍾馗其冠不正舞一回疎喇沙斗

河魁近墨者黑（丑）喜哩、（淨）喜時節滦河橋題筆見要去、（丑）悶呵、（淨）悶時節鬼門關投筆歸來、（丑）判爺可上榜來、（淨）俺也曾考神祇朔望旦名題天榜、（丑）可會書來、（淨）攝星辰井鬼宿俺可也文會書齋、（丑）判爺高才、（淨）倣弗迭鬼仙才、白玉樓、摩空作賦、陪得過風月主、芙蓉城遇晚書懷、便寫不盡四大洲轉輪日月也、差的着五瘟使號令風雷、（丑）判爺見有地分、（淨）有地分則合北斗司、閻浮殿、立俺邊傍、沒衙門却怎生東岳觀、城

隍廟也塑人左側、（丑）讓誰、（淨）便百里城高捧手
讓大菩薩、好相莊嚴乘坐位、（丑）惱誰、（淨）怎三尺
土低分氣對小鬼卒、清奇古怪立基階、（丑）紗帽
古氣些、（淨）但站脚一管筆、一本簿、塵泥、軒冕、（丑）
筆乾了、（淨）要潤筆十錠金、十貫鈔、紙陌錢財、（丑）
點鬼簿在此、（淨）則見沒掂三展花分魚尾冊無
賞一掛日子虎頭牌、眞乃是鬼、董狐落了、款春
秋、傳、某年、某月、某日、下、崩甍、葬、卒、大註、脚、假如
他支祈獸上了樣把禹王鼎、各山各水各路上

魍魎魑魅細分臆、（丑）待俺磨墨、（淨）看他子時硯忔忔察察烏龍蘸眼顯精神、（丑）雞唱了、（淨）聽下字碑冬冬登登金雞蘸夢催魂魄、（丑）請爺點卷、（淨）但點上格子眼、串出四萬八千三界、有漏人名烏星砲綮怎按下筆尖頭插入一百四十二重無間地獄鐵樹花開、（丑）大押花、（淨）哎也大押花止不過發落簿、剉燒舂碓一靈兒、（丑）少一箇請字、（淨）登請書、左則是那虛無堂、癱瘓蟲膈四正客、（丑）弔起稱竿來、［衆卒應科］（淨）髮稱竿看業重身輕、衡石程書秦獄吏、（內作哎喲叫饒也苦也科）（丑）隔壁九殿下拷鬼、（淨）肉鼓吹聽神啼鬼哭毛鉗刀筆漢喬才、這時節你便是沒關節包待制人厭其笑、（哭科）恁風景誰聽的無棺槨顏修文子哭之哀、（丑）判爺怕哩、（淨惱科）哎樓炭經是俺六科、五刑刀花樹是俺九棘三槐、臉婁搜風髯趄趄、眉剔豎電目崖崖、少不得中書鬼考錄事神差、比着陽世那金州判、銀府判、銅司判、鐵院判、白虎臨官、一樣價打貼刑名催伍作實、則俺陰府裡注濕、生牒化生、准胎生、照卵生、青蠅報赦、十分的磊齊功德轉三堦威凜凜人間掌命、顫巍巍天上消災、叫掌案的、這簿上開除都也明白還有幾宗人犯、應該發落了、（貼扮吏上）人間勾令史、地下列功曹、禀爺、因缺了殿下、獄中空虛三年、則有枉死城中輕罪男子四名、趙大、錢十五、孫心、李猴兒、女囚一名、杜麗娘、未經發落、（淨）先取男犯四名、（生末外老旦扮四犯丑押上）（丑）男犯帶到、（淨點名科）趙大、有何罪業、脫在枉死城（生）鬼犯沒甚罪生前喜歌唱些（淨）一邊去叫錢十五（末）鬼犯無罪則是做了一箇小小房兒沉香泥壁（淨）一邊去叫孫心（老旦）鬼犯些小年紀好使些花粉錢（淨）叫李猴兒（外）鬼犯是有些罪好男風（丑）是眞便在地獄裡還勾上這小孫兒（淨惱科）誰叫你揷嘴起去伺候（做寫簿科）叫鬼犯聽發落（四犯同跪科）（淨）俺初權印且不用刑赦你們卵生去罷（外）鬼犯們稟問恩爺這箇卵生是甚麼卵若是回回卵又生在

邊方去了、（淨）吐還想人身向蛋殼裡走去、（四犯
泣科）哎被人宰了、（淨）也罷不教陽間宰喫你趙
大喜歌唱貶做黃鶯兒（生）好了、做鶯鶯小姐去、
（淨）錢十五任香泥房子也罷、准你去燕燕巢裡受
用做箇小小燕兒（末）恰好、做飛燕娘娘哩、（淨）孫
心使花粉錢做箇蝴蝶兒（外）鬼犯便和孫心同
做蝴蝶去（淨）你是那好男風的李猴、着你做蜜
蜂兒去屁窩裡長拖一箇針、（外）哎約、發俺釘誰
去（淨）四箇蟲兒聽分付、

〔油葫蘆〕蝴蝶呵你粉版花衣勝剪裁。蜂兒呵你忒利害甛口兒咋着細腰捱。燕兒呵斬香泥弄影鈎簾內。鶯兒呵溜笙歌警夢紗牕外。恰好箇花間四友無拘礙。則陽世裏孩子們輕薄。怕彈珠兒打的呆。扇梢兒撲的壞。不枉了你宜題入画高人愛。則教你翅挪兒展將春色鬧場來。〔外〕俺做蜂兒的不來。再來釘腫你判官腦。〔淨〕討打。〔外〕可憐見小性命。〔淨〕罷了。順風兒放去。快走快走。〔淨噀氣科〕〔四犯做各色飛下科〕〔淨〕向鬼門噓

臧曰天下樂那叱令二曲即元人無以加之今臨川已矣恨不及面共評嚥也

氣呋聲科〕〔丑帶旦上〕天台有路難逢，俺地獄無情欲恨誰、〔女鬼見、〕〔淨抬頭背科〕這女鬼倒有幾分顏色、

〔天下樂〕猛見了蕩地驚天女俊才、哈也麼哈來俺裡來、〔旦叫苦科〕〔淨〕血盆中叫苦觀自在、〔丑耳語科〕判爺權收做箇後房夫人、〔淨〕哇、有天條、擅用囚婦者斬、則你那小鬼頭胡亂篩、俺判官頭何處買、〔旦叫哎科〕〔淨回身科〕是不曾見他粉油頭忒弄色、叫那女鬼上來、

人生大夢耳老判看不透

【那吒令】聽了你潤風風粉腮。到花臺酒臺。溜些些短釵。過歌臺舞臺。笑微微美懷。任秦臺楚臺。因甚的病患來。是誰家嫡支派。這顏色不像似在泉臺。〔旦〕女囚不曾過人家。也不曾飲酒。是這般顏色。則因爲在南安府後花園梅樹之下。夢見一秀才。折柳一枝。要奴題咏。畱連婉轉。甚是多情。醒來沉吟。題詩一首。他年若傍蟾宮客。不是梅邊是柳邊。爲此感傷。壞了一命。〔淨〕謊也。世有一夢而亾之理。

落花本是無情物不應至今尚在夢中

鵲踏枝一溜溜女嬰孩、夢兒裡能寧奈、誰曾掛圓夢招牌、誰和你拆字道白、咍也麼咍、那秀才何在、夢魂中曾見誰來、(旦)不曾見誰、則見朵花兒閃下來、好一驚、(淨)與取南安府後花園花神勘問、(丑)叫科、(末)扮花神上、紅雨數番春落魄、山香一曲女消魂、老判大人請了、(舉手科)(淨)花神這女鬼說是後花園一夢、爲花飛驚閃而亡、可是、(末)是也、他與秀才夢的綿纏、偶爾落花驚醒、這女子慕色而亡、(淨)敢便是你花神假充秀才、

迷誤人家子女、（末）你說俺着甚迷他來、（淨）你說
俺陰司裡不知道呵、
【後庭花滚】但尋常春自在、恁司花忒弄乖、眨眼
兒偷元氣艷樓臺、克性了費春工淹酒債、恰好
九分態你要做十分顏色、數着你胡弄的花色
兒來、（末）便數來、碧桃花、（淨）他惹天台、（末）紅梨花、
（淨）扇妖怪、（末）金錢花、（淨）下的財、（末）繡毬花、（淨）結
得綵、（末）芍藥花、（淨）心事諧、（末）木筆花、（淨）寫明白、
（末）水菱花、（淨）宜鏡臺、（末）玉簪花、（淨）堪插戴、（末）薔

薇花(淨)露湆胭(末)臘梅花(淨)春點額(末)翦春花
(淨)羅袂裁(末)水仙花(淨)把綾襪踹(末)燈籠花(淨)
紅影篩(末)酴醾花(淨)春醉態(末)金盞花(淨)做合
巹杯(末)錦帶花(淨)做裙褶帶(末)合歡花(淨)頭嬾
檯(末)楊柳花(淨)腰恁擺(末)凌霄花(淨)陽壯的咍
(末)辣椒花(淨)把陰熱窄(末)含笑花(淨)情要來(末)
紅葵花(淨)日得他愛(末)女蘿花(淨)纏的歪(末)紫
薇花(淨)癢的怪(末)宜男花(淨)人美懷(末)丁香花
(淨)結半躧(末)荳蔻花(淨)含着胎(末)奶子花(淨)摸

着奶(末)枝子花(淨)知趣乖(末)柰子花(淨)恣情柰(末)枳殼花(淨)好處揩(末)海棠花(淨)春困怠(末)孩兒花(淨)呆笑孩(末)姊妹花(淨)偏妒色(末)水紅花(淨)了不開(末)瑞香花(淨)誰要採(末)旱蓮花(淨)憐再來(末)石榴花(淨)可畱得在幾椿兒你自猜哎把天公無計策你道爲甚麼流動了女裙釵剗地裡牡丹亭又把他杜鵑花魂魄灑(末)這花色花樣都是天公定下來的小神不過遵奉欽依豈有故意勾人之理且看多少女色那有玩花

而亡（淨）你說自來女色沒有玩花而亡數你聽着、

〔寄生草〕花把青春賣、花生錦繡災、有一箇夜舒蓮扯不住留仙帶、一箇海棠絲剪不斷香囊怪、一箇瑞香風趕不上非烟在、你道花容那箇玩花亡可不道你這花神罪業隨花敗（末）花神知罪、今後再不開花了（淨）花神俺這裏已發落過花間四友付你收管這女因慕色而亡也貶在鶯燕隊裡去罷（末）稟老判此女犯乃夢中之罪、如曉風殘月且他父親爲官淸正単生一女可以躭饒淨父親是何人旦父親杜寶知府今陞淮揚總制之職淨千金小姐哩也罷杜老先生分上嘗奏過天庭再行議處旦就煩恩官替女犯查查怎生有此傷感之事淨這事情註在斷腸簿上旦勞再查女犯的丈夫還是姓柳姓梅淨取婚姻簿查來作背查科是有箇柳夢梅乃新科狀元也妻杜麗娘前係幽歡後成明配相會在紅梅觀中不可泄漏回科有此人和你因

臧曰上望鄉臺一轉自不可少

緣之分、我今放你出了枉死城、隨風遊戲、跟尋此人、（末）杜小姐拜了老判、（旦叩頭科）拜謝恩官、重生父母、則俺那爹娘在揚州、可能勾一見、（淨）使得、

（么篇）他陽祿還長在、陰司數未該、禁烟花一種春無賴、近柳梅一處情無外、望椿萱一帶天無礙、則這水玻璃堆起望鄉臺、可哨見紙銅錢夜市揚州界、花神、可引他望鄉臺隨意觀玩、（旦隨末登臺望揚州哭科）那是揚州俺爹爹奶奶呵、

待飛將去、〔末扯住科〕還不是你去的時節、〔淨〕可下來聽分付、功曹給一紙游魂路引去、花神、休壞了他的肉身也、〔旦〕謝恩官、

〔賺尾〕〔淨〕欲火近乾柴、且留的青山在、不可被雨打風吹日晒、則許你傍月依星將天地拜、一任你魂魄來回、脫了獄省的勾牌、接着活免的投胎、那花間四友你差排、叫鶯窺燕猜倩蜂媒蝶採、。敢守的那破棺星圓夢那人來。〔淨下〕〔末〕小姐回後花園去來

集唐

醉斜烏帽髮如絲　盡日靈風不滿旗

年年檢點人間事　爲待蕭何作判司

第二十四齣　拾画

【金瓏璁】〔生上〕驚春誰似我、客途中都不問其他。風吹綻蒲桃褐、雨淋殷杏子羅。今日晴和、晒衾單、、、、、、。兀自有殘雲渦。脉脉梨花春院香、一年愁事費商量。不知柳思能多少、打迭腰肢鬭沈郎。小生臥病梅花觀中、喜得陳友知醫、調理痊可、則這幾日間春懷鬱悶、何處忩憂、早是老姑姑到也、一落索（上淨）無奈女冠何識的書生破知他何處夢兒多每日價欠伸千箇。秀才安穩（生）日來病患較些悶坐不過偌大梅花觀少甚園亭消遣（淨）此後有花園一座雖然亭榭荒蕪頗有寒花點綴則留散悶不許傷心（生）怎的得傷心也（淨）（作嘆科）是這般說你自去遊便了從西廊轉畫墻而去百步之外便是籬門三里之遙都爲池館你盡情玩賞竟日消停不索老身陪去也名園隨客到幽恨少人知（下）（生）既有後花園就此迤逗而去、〔行科〕這是西廊下了、〔行科〕好箇葱翠的籬門倒了半架、〔嘆科〕〔集唐〕憑闌仍是玉闌干、四面牆垣不忍看、想得當時好風月、萬條烟罩一時乾、〔到科〕呀偌大箇園子也、

〔好事近〕則見風月暗消磨、画橋西正南側左、〔跌科〕蒼苔滑擦倚逗着斷垣低垜、因何蝴蝶門兒落合、原來以前遊客頗盛、題名在竹林之上客來過年月偏多、刻畫盡琅玕千箇、咳早則是寒花遶砌、荒艸成窠、怪哉一箇梅花觀女冠之流、

蕭條條淡一々如画

怎起的這座大園子、好疑惑也、便是這灣流水呵、

錦纏道 門兒鎖放着這武陵源一座、恁好處教頽墮斷烟中、見水閣摧殘、画船抛躲、冷鞦韆尚掛下裙拖、又不是曾經兵火、似這般狼藉呵、敢斷腸人遠、傷春心事多、待不關情麽、恰湖山石畔留着你打磨陀、好一座山子哩、窺科 呀、就裡一箇小匣兒、待把左側一峯靠着、看是何物、作石倒科 呀、是箇檀匣兒、開匣看科 呀、一幅觀世

音喜相善哉善哉待、小生捧到書館頂禮供養
強如埋在此中。［捧匣回科］
［千秋歲］小嵯峨壓、的旃檀合、便做了好相觀音
俏樓閣片石峰前、那片石峰前、多則是飛來石
三生因果、請將去鑪烟上過頭納地添燈火、照
的他慈悲我、俺這裡盡情供養他於意云何、到
了觀中、且安置閣兒上、擇日拜禮、［淨上］柳相公
多早了、［生］姑姑、
［尾聲］一生爲客恨情多、過冷澹園林日午矬、老

姑姑你道不許傷心、你爲俺再尋一箇定不傷

○○○○

心何處可

集唐

僻居雖愛近林泉　早是傷春夢雨天

何處邈將歸画府　三峰花半碧堂懸

第二十五齣　憶女

玩仙燈（貼扮春香上）覩物懷人人去物華銷盡、道的箇仙果難成、名花易殞、（嘆科）恨蘭昌殉葬無因、收拾起燭灰香燼、自家杜府春香是也、跟隨公相夫人到揚州小姐去世、將次三年、俺看老夫人那一日不作念那一日不悲啼縱然老相公暫時寬解怎散真愁莫說老夫人便是俺春香想起小姐平常恩養病裡言詞好不傷心也今乃小姐生忌之辰老夫人分付香燈遙望南安澆奠早已安排夫人有請〔老旦上〕

〔又〕地老天昏沒處把老娘安頓思量起舉目無親招魂有盡〔哭科〕我的麗娘兒也在天涯老命難存割斷的肝腸寸寸〔蘇幙遮〕嶺雲沉關樹杳

〔貼〕春思無憑斷送人年少〔老旦〕子母千迴腸斷

繞繖夾書囊尚帶餘香裊(貼)瑞烟清銀燭皎(老旦)繡佛靈辰血淚風前禱(哭科)(合)萬里招魂魂可到則願的人天淨處超生早(老)春香自從小姐亡後俺皮骨空存肝腸痛盡但看他讀殘書本繡罷花枝斷粉零香餘簪弃履觸處無非淚眼見之總是傷心筭來一去三年又是生辰之日心香奉佛淚燭澆天分付安排想已齊備(貼)夫人就此望空頂禮(老拜科)(集唱)微香冉冉淚涓涓酒滴香灰似去年四尺孤墳何處是南安

歸去再生天杜安撫之妻甄氏敬爲亾女生辰
頂禮佛爺、願得杜麗娘皈依佛力、早早生天、【起
科】春香禱告了佛王、不免將此茶飯、澆奠小姐、
【香羅帶】麗娘何處墳、愁腸怎論、夢、中相、見、得眼
、、。、、、、、、、、、、。、、、、、、。
兒昏則聽的叫娘的聲和韻也驚跳起猛回身
、、、、、、、、、、、、、、。
則見陰風幾陣殘燈暈【哭科】俺的麗娘人兒也、
你怎抛下的萬里無兒白髮親、【貼拜科】
【又】名香叩玉真、生來受恩賞、。春。香。還是你舊羅。。。。
○裙【起科】小姐臨去之時、分付春香長叫喚一聲、

今日叫他、小姐小姐呵、叫的一聲聲小姐可曾。聞也。（老旦貼哭科）（合）想他那情切那傷神、恨天天生割斷俺娘兒直恁忍、（貼回科）俺的小姐人兒也、你可還向這舊宅裏、重生何處身、（貼跪科）稟老夫人、人到中年、不堪哀毀小姐難以生易死、夫人無以死傷生、且自調養尊年、與老相公同享富貴、（老哭科）春香、你可知老相公年來因少男兒、常有娶小之意、止因小姐承歡膝下、百事因循、如今小姐喪亡、家門無托、俺與相公悶懷相對何以爲情、天可（貼）老夫人、春香愚不諫賢、依夫人所言、既然老相公有娶小之意、不如順他收下一房、生子爲便（老旦）春香、你看人家庶出之子、可如親生（貼）春香但蒙夫人收養、尚且非親是親、夫人肯將庶出看成、豈不無子有子、（老旦）好、、、話好話

集唐

曾伴殘娥到女兒　白楊今日幾人悲

須知此恨消難得　淚滴寒塘蕙草時

第二十六齣　玩真

【生上】芭蕉葉上雨難留、芍藥梢頭風欲收、画意
無明偏着眼、春光有路暗擡頭、小生客中孤悶、
閑遊後園湖山之下、拾得一軸小画、似是觀音
大士寶匣莊嚴、風雨淹旬、未能展視、且喜今日
晴和、瞻禮一會、【開匣展画科】
【黃鶯兒】秋影掛銀河、展天身、叫佛囉、諸般好相
能停妥、他真身在補陀、咱海南人遇他、【想科】甚
威光不上蓮花座、再延俄、怎湘裙直下、一對小
、、。
凌波是觀音、怎一對小腳兒、待我端詳一會、

【二郎神慢】些兒箇画圖中影兒則度、着了、敢誰書館中弔下幅小嫦娥、画的這俜停倭妥、是嫦娥一發該頂戴了、問嫦娥折桂人有我、可是嫦娥怎影兒外沒半朶祥雲托、樹皴兒又不似桂叢花瑣、不是觀音、又不是嫦娥、人間那得有此、成驚愕、似曾相識、暗地把心摸。待我瞧、是画工臨的、還是美人自手描的、

【鶯啼序】問丹青何處美俊娥、片月影光現毫末、似恁般一箇人兒、早見了百花低躲、總天然意

臧曰夢魂真個此情至語也

態難模、誰近得把春雲淡破、想來畫工怎能到此、多敢他自已會描能脫、且住、細觀他幀首之上、小字數行、〔看科〕呀原來絕句一首、〔念科〕近覩分明似儼然、遠觀自在若飛仙、他年得傍蟾宮客、不在梅邊在柳邊、呀、此乃人間女子行樂圖也、何言不在梅邊在柳邊、奇哉怪事、

〔集賢賓〕望關山梅嶺天一抹、怎知俺柳夢梅過得傍蟾宮知怎麼、待喜呵、端詳停和姓兒名字直麼、費嫦娥定奪、打摩訶、敢則是夢魂中眞箇

好不回盼小生、

〔黃鶯兒〕空影落纖蛾、動春蕉蘼綺羅、春心只在眉間鎖春山翠拖春烟淡和相看四目誰輕可。恁横波來廻顧影不住的眼兒睃却怎半枝青梅在手活似提掇小生一般、

〔啼鶯兒〕他青梅在手詩細哦、逗春心一點蹉跎、小生待畫餅充饑、小姐似望梅止渴、小姐小姐、未曾開半點么荷含笑處朱唇淡抹暈情多。如愁欲語只少口氣兒呵小娘子画似崔徽、詩如

蘇蕙、行書逼真魏夫人、小子雖則典雅、怎到得這小娘子、脉地相逢、不免步韻一首、（題科）丹青妙處却天然、不是天仙即地仙、欲傍蟾宮人近遠、恰些春在柳梅邊、

（簇御林）他能綽斡、會寫作、秀入江山人唱和、待小生狠狠叫他幾聲美人美人、姐姐姐姐、向真真啼血你知麼、叫的你噴嚏似天花唾。漾凌波。盈盈欲下。全不見影兒那。咳、俺孤單在此、少不得將小娘子畫像、早晚玩之、拜之、叫之、讚之、

尾聲 拾的箇人兒先慶賀、敢柳和梅有些、瓜葛
小姐小姐則怕你有、影、無、形、看、殺我、。
集唐 不須一向恨丹青 堪把長懸在戶庭
惆悵題詩柳中隱 添成春醉轉難醒
第二十七齣 魂遊
掛眞兒 淨扮石道姑上 臺殿重重春色上、碧雕闌映帶
銀塘、撲地香騰、歸天磬響、細展度人經藏、集唐
幾年紅粉委黃泥、十二峰頭月欲低、折得玫瑰
花一朵、東風吹上窈娘堤、俺老道姑看守杜小

姐墳菴三年之上、擇取吉日、替他開設道場、超生玉界、早已門外豎立招旛、看有何人來到、(貼)扮小道姑丑扮徒弟上

【太平令】嶺路江鄉、一片、彩雲、扶月、上。羽衣青鳥閑來往、(丑)天晚梅花觀歇了罷南枝外有鵲爐香。小道姑乃韶陽郡碧雲菴主是也、遊方到此、見他莊嚴旛引、廣示道場、恰好登壇、共成好事、見科【集唐】大羅天上柳烟含、(淨)你毛節朱旛倚石龕、(貼)見向溪山求住處、(淨)好哩、你半垂檀袖

學通衆、小姑姑從何而至〔貼〕從韶陽郡來暫此借宿、〔淨〕西頭房兒有箇嶺南柳相公養病則下廂房可矣、〔貼〕多謝了、敢問今日道場爲何而設、〔淨嘆科〕則爲杜衙小姐去三年、待與招魂上九天、〔貼〕這等呵、清醮壇場今夜好、敢將香火助眞仙、〔淨〕這等卻好、〔内鳴鐘鼓科〕〔衆〕請老師兄拈香、〔淨〕南斗註生眞妃、東嶽受生夫人殿下、〔拈香拜科〕

〔孝南歌〕鑽新火、點妙香、虔誠因爲杜麗娘、〔衆拜

宛轉

減曰折殘梅供養既便魂且散花顯示靈蹤且與前花神相應

【科】香靄繡幡幢、仙音轉嘹喨、仙真呵、威光無量、把一點香魂早度人天上、怕未盡凡心、他再作人身想、做兒郎、做女郎、願他永成雙、再休似少年亡。【淨】想起小姐生前、愛花而亡、今日折得殘梅安在淨瓶供養、【拜神主科】

【又】瓶兒淨春凍陽、殘梅半枝紅臘裝、小姐呵、你香夢與誰行、精神忒孤往、【衆】老師兄、你説那淨瓶像甚麼、殘梅像甚麼、【淨】這瓶兒空像世界包藏、身似殘梅樣、有水無根、尚有餘香、想。【衆】小姐

臧曰此曲佳而穩

真是鬼運仙筆

你受此供呵教你肌骨涼、魂魄香、肯回陽再住這梅花帳、〔内風響科〕〔淨〕奇哉怪哉冷窣窣一陣風打旋也、〔内鳴鐘科〕〔衆〕這曉齋時分且欸了齋、收拾道場、正是曉鏡拋殘無定色、曉鐘敲斷步虛聲、〔衆下〕〔魂旦作鬼聲掩袖上科〕

水紅花則下得望鄉臺如夢俏魂靈、夜熒熒、墓門人靜、〔内犬吠旦驚科〕原來是賺花陰小犬吠春星、冷冥冥、梨花春影。呀轉過牡丹亭、芍藥闌都荒廢盡、爹娘去了三年也、〔泣科〕傷感煞斷垣、

臧曰起語
雖出元人

荒涇望掩映鬼燈青。〔聽科〕兀的何處有人聲也囉。〔添字昭君怨〕昔日千金小姐今日水流花謝這淹淹惜惜杜陵花太虧他生性獨行無那此夜星前一箇生生死死爲情多奈情何奴家杜麗娘女鬼是也只爲癡情慕色一夢而亡湊的十地閻君奉旨裁革無人發遣女監三年喜遇老判哀憐放假趁此月明風細隨喜一番呀這是書房後園怎做了梅花庵觀好傷感人也

〔小桃紅〕咱一似斷腸人和夢醉初醒誰償咱殘

用浮恰好亦何必已作

生命也、雖則鬼叢中姊妹不同行、窣地的把羅衣整、這影隨形、風沉、露雲暗、斗月勾、星都是我䰟遊、境也、到的、這花影初更。〔内作丁冬聲旦驚科〕一霎價心兒瘮、原來是弄風鈴臺殿冬丁、好一陣香也、

〔下山虎〕我則見香烟隱隱、燈火熒熒、呀鋪了些雲霞燈、不由人打箇讚揖、是那位神靈、原來是東嶽夫人、南斗真妃、〔作稽首科〕仙真仙真、杜麗娘鬼䰟稽首、魆魆裡投明證明、好替俺朗朗的

戚曰一點香銷萬點

超生注生再看這青詞上原來就是石道姑在此住持一壇齋意度俺生天道姑道姑我可也生受你呵再瞧這淨瓶中咳便是俺那塚上殘梅哩梅花呵似俺杜麗娘半開而謝眞好傷情也則爲這斷鼓零鐘金字經叩動俺黃粱境俺向這地圻裡梅根迸幾程透出些兒影（泣科）姑姑們這般志誠若不留些蹤影怎顯俺鑒知他就將梅花散在經臺之上（散花科）咳這花呵抵甚麼一點香銷萬點情想起爹娘何處春香何

情自是佳句

秀滑

處也、呀、那壁廂有沉吟叫喚之聲、聽怎來、（內叫介）俺的姐姐呵、俺的美人呵、（旦驚介）誰叫誰也、（再聽介）（內又叫介）（旦嘆介）醉歸遲、生和死、孤寒命。有情人叫不出情人應。爲什麼不唱出你可人名姓。似俺孤䰟獨趁、待誰來叫喚俺一聲不分明、無倒斷、忒㑺停。（內又叫介）（旦）咳、敢邊廂甚麼書生、睡夢裏語言胡嗹、不由俺無情有情、湊着叫的人、三聲兩聲、冷惺忪、紅淚飄零。呀、怕不是夢人兒梅卿柳卿、俺記臧曰：尾絶似非調，然亦無妨。

着這花亭水亭。趂的這風清月清。則這鬼宿前程。盼得上三星四星。呀、待卽行尋趂奈斗轉參横、不敢久停呵、

〔尾聲〕〔旦〕爲什麽閃摋摋春殿燈。〔内〕叫科〕殿上響動、〔丑〕虚上望科〕〔杜〕又作風起科〕〔旦〕一弄兒繡旛飄迥、則這幾點落花風、是俺杜麗娘身後影。〔旦〕作鬼聲下〕〔丑〕打照面驚叫科〕師父們快來快來〔淨〕〔貼〕驚上〕怎生大驚小怪〔丑〕則這燈影熒煌縣着瞧時見一位女神仙袖拂花旛、一閃而去、怕也

仙也、淨怎生模樣、丑打手勢科這多高、這多大
俊臉兒、翠翹金鳳、紅裙綠襖、環珮玎璫、敢是眞
仙下降、淨咳、這便是杜小姐生時樣子、敢是他
有靈活現、貼呀你看經臺之上、亂糝梅花、奇也
異也、大家再祝讃一番、
憶多嬌衆風滅了香月倒廊、閃閃屍屍魂影兒
涼、花落在春宵情易傷、願你早度天堂、早度天
堂、免留滯他鄉故鄉、貼敢問杜小姐爲何病亡、
以何因緣而來出現、

【尾聲】【淨】休驚恍、免問當、收拾起樂器經堂、你聽波兀的、冷窣窣珮環風還在迴廊那邊響

集唐　心知不敢輒形相　欲話因緣恐斷腸
若使春風會人意　也應知有杜蘭香

第二十八齣　幽媾

【夜行船】【生】暫下天仙何處也、影空濛似月籠沙、有恨徘徊、無言暫約、早是夕陽西下、一片紅雲下太清、如花巧笑玉娉婷、憑誰画出生香面、對我偏含不語情、小生自遇春容、日夜想念、這更

以下凡曲皆工巧絕異而晉叔止存一懶画眉欲便登場為伶人計獨不念作者苦心耶何忍何忍

鬭蒔節、破此、工夫、吟其珠玉、玩其精神倘然夢裡相親也、當春風一度、（展画玩科）呀你看美人呵、神含欲雨、眼注微波、真乃落霞與孤影齊飛、秋水共長天一色、

（香遍滿）晚風吹下武陵溪邊一縷霞、出托箇人兒風韻殺、光輝沒點瑕、明牕新絳紗、丹青小画、又把一幅肝腸掛、小姐小姐則被你想殺俺也、

（懶画眉）輕輕怯怯一箇女嬌娃、楚楚臻臻像箇宰相衙想他春心無那對菱花含情自把春容

畫。可想到有箇拾翠人兒也逗着他。

【梧桐樹】他飛來似月華、俺拾的愁天大、常時夜夜對月而眠、這幾夜呵、幽雅嬋娟掩映的清光殺、教俺迷留沒亂的心嘈雜、無夜無明快着他、。若不爲擎奇怕涴的丹青亞待抱着你影兒橫榻想來小生定是有緣也、再將他詩句朗誦一番、【念詩科】

【浣溪沙】拈詩話、對會家、柳和梅有分兒些、他春心迸出湖山罅飛上烟綃萼綠華則是禮拜他

便了〔拈香拜科〕傒倖殺對他臉暈眉痕心上掐有情人不在天涯小生客居怎勾姐姐風月中片時相會也

〔劉潑帽〕恨單條不惹的雙魂化做箇画屏中倚玉蒹葭小姐呵你耳朵兒雲鬢月侵芽可知道一些些都聽的俺傷情話

〔秋夜月〕堪笑咱說來的如戲要他海天秋月雲端掛烟空翠影遙山抹只許他伴人清暇怎教人挑逹

東甌令俺如念呪似說法石也要點頭天雨花。怎虔誠不降的仙娥下。是不肯輕行踏。內作風起生按住畫科待留仙怕殺冷風刮粘嵌着錦邊牙。怕刮損他再尋高手臨他一幅兒

金蓮子閑嘖牙怎能勾他威光水月生臨榻怕有處相逢他自家則問他許多情與春風畫意再無差再把燈細看他一會照科

隔尾敢人世上似這仙真多則假內作風吹燈科生好一陣冷風襲人也險些兒誤丹青風影

落燈花。罷了則。索睡。掩紗。窗去。夢他。〔睡科〕〔魂旦上〕泉戶長眠夢不成、一生餘得許多情、魂隨月下丹青影、人在風前嘆息聲、妾身杜麗娘鬼魂是也、爲花園一夢、想念而終、當時自画春容埋于太湖石下、題有他年得傍蟾宮客、不是梅邊是柳邊、誰想魂遊觀中、幾晚聽見東房之內一箇書生高聲低叫、俺的姐姐、俺的美人、那聲音哀楚、動俺心魂、悄然驀入他房中、則見高掛起一軸小画、細玩之、便是奴家遺下春容、後面和

詩一首、觀此名字、則嶺南柳夢梅也、梅邊柳邊、豈非前定乎、因而告過了冥府判君、趂此良宵、完其前夢、想起來好苦也、

【朝天懶】怕的是粉冷香銷泣絳紗、又到的高唐館玩月華、猛回頭羞颯髻兒鬖、自擎拿、呀前面是他房頭了、怕桃源路逕行來詫、再得俄旋試認他、【生睡中念詩科】他年若傍蟾宮客、不是梅邊是柳邊、我的姐姐呵、【旦聽作悲科】

【又】是他叫喚的傷情咱淚雨麻、把我殘詩句沒

爭差、難道還未醒可〔瞧科〕〔生又叫科〕〔旦〕他原來
睡屏中作念猛嗟呀、省諠譁、我待敲彈翠竹窗
櫳下、〔內作驚生醒叫姐姐科〕〔旦悲科〕待展香魂
去近他、〔生〕呀戶外敲竹之聲是風是人〔旦〕有人
〔生〕這些時節有人敢是老姑姑送茶免勞了〔旦〕
不是、〔生〕敢是遊方的小姑姑麼〔旦〕不是〔生〕好怪
好怪又不是小姑姑再有誰待我啟門而看〔生〕
〔開門看科〕
〔玩仙燈〕呀何處一嬌娃艷非常使人驚詫〔旦作

笑閃入生急掩門旦斂衽整容見科秀才萬福、

生小娘子到來敢問尊前何處因何夤夜至此、

旦秀才你猜來、

紅衲襖生莫不是莾張騫犯了你星漢槎。莫不是小梁清夜走天曹罰。旦這都是天上仙人怎得到此、生是人家彩鳳暗隨鴉。旦搓頭科生敢甚處裡綠楊曾繫馬。旦不曾一面、生若不是認陶潛眼挫的花敢則是走臨卭道數見差。旦非差、生想是求燈的、可是你夜行無燭也。因此上、

則在宋玉東鄰第几家皆佳句也

待要紅袖分燈向碧紗〔又〕〔旦〕俺不爲度仙香空散花也不爲讀書燈閙濡蠟俺不是趙飛卿舊有瑕也不是卓文君新守寡秀才呵你也曾隨蝶夢迷花下〔生想科〕是當初曾夢來〔旦〕俺因此上弄鶯黃赴柳衙若問俺妝臺何處也不遠哩剛則在宋玉東鄰第幾家〔生想科〕是了曾後園轉西夕陽時節見小娘子走動哩〔旦〕便是了

〔宜春令〕斜陽外芳艸涯濡秋波掩花陰是咱〔生〕

家下有誰〔旦〕奴年二八伶仃只有爹和媽爲春歸惹動嗟呀暫見你風神俊雅無他待和你翦燭燃香小牕閑話〔生背科〕奇哉奇哉人間有此艷色夜半無故而遇明月之珠怎生發付

〔又〕他驚人艷絕世佳下星橋盈盈翠華月明如乍漫迎風一笑流銀蠟金釵客寒夜來家玉天仙人間下榻〔背科〕知他知他是甚宅眷的孩兒這撞門兜搭待小生再問他〔回科〕小娘子夤夜下顧小生敢是夢也〔旦笑科〕不是夢當眞哩還

怕秀才未肯容納（生）則怕未真、果然美人見愛
小生、喜出望外、何敢却乎、（旦）這等真個盼着你
了、

【耍鮑老】幽谷寒涯、你爲俺催花連夜發、俺全然未嫁、你箇中知察、拘惜的好人家、牡丹亭嬌恰、恰、湖山畔、羞答答、讀書牕、淅剌剌、良夜省、陪茶、清風、明月、知無價、

【滴金犯】（生）俺驚魂化、睡醒時、涼月些些、陡地榮華、敢則是夢中巫峽、虧殺你走花陰、不害些兒

怕點蒼苔不溜些兒滑背萱親不受些兒嚇認
書生不着些兒差你看斗兒斜花兒亞如此夜
深花睡罷笑咖咖吟哈哈風月無加把他艷軟
香嬌做意兒耍下的虧他便虧他則半霎（旦）妾
有一言相懇望郎恕責（生笑科）賢卿有話但說
無妨（旦）妾千金之軀一旦付與郎矣勿負奴心
每夜得共枕席平生之願足矣（生笑科）賢卿有
心戀于小生小生豈敢忘于賢卿乎（旦）還有一
言未至雞鳴放奴回去秀才休送以避曉風（生）

精至此乎

這都領命、只問姐姐貴姓芳名、（旦嘆科）

（意不盡）沙不得花有根元玉有芽、待說時惹的

風聲大、（生）以後准望賢卿逐夜而來、（旦）秀才、且

和俺點勘春風這第一花。

集唐　浩態狂香昔未逢　月斜樓上五更鐘

朝雲夜入無雲處　神女知來第幾峰

牡丹亭記二卷終

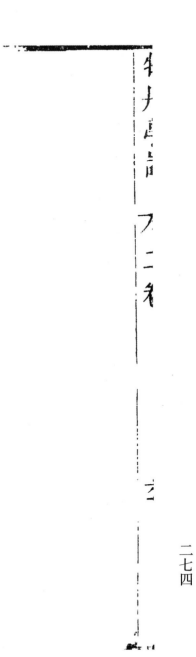